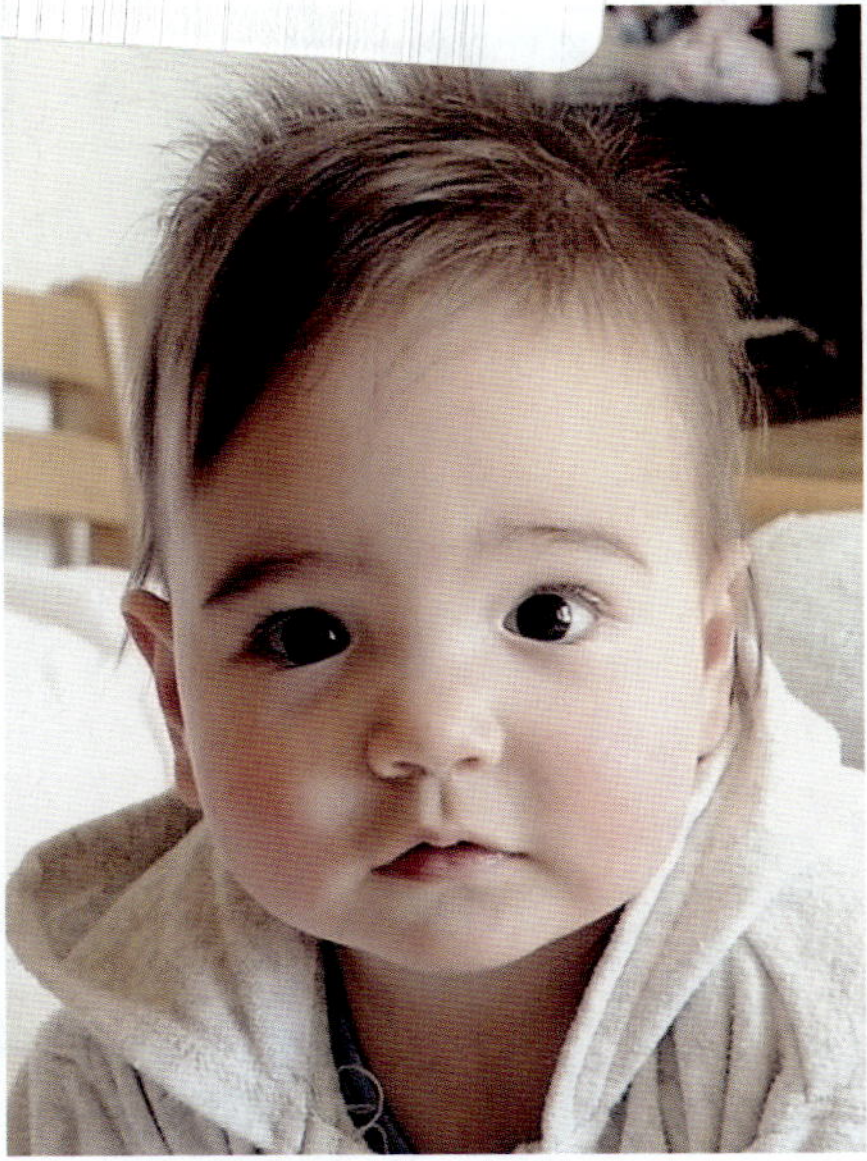

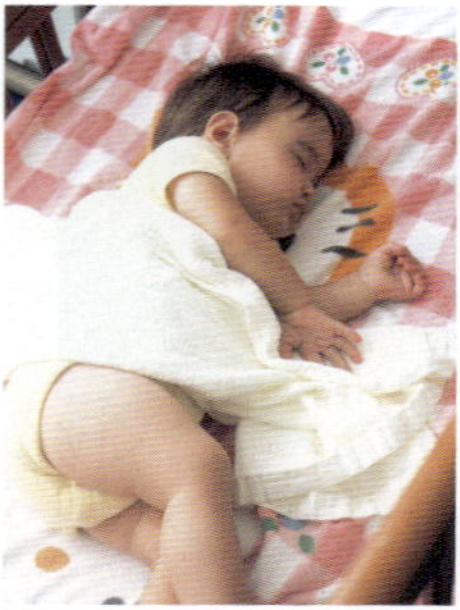

2007.7

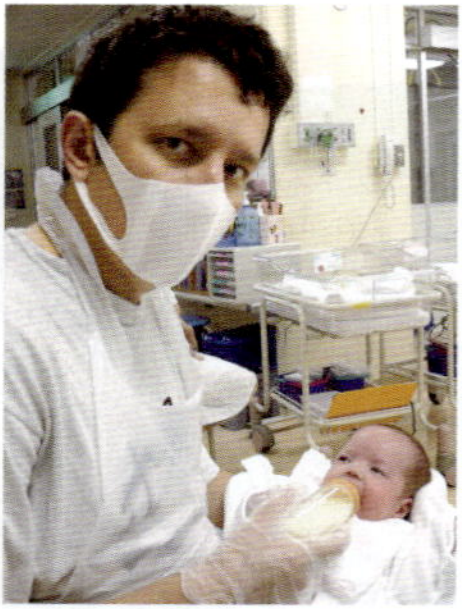

2006.3　病院の NICU で

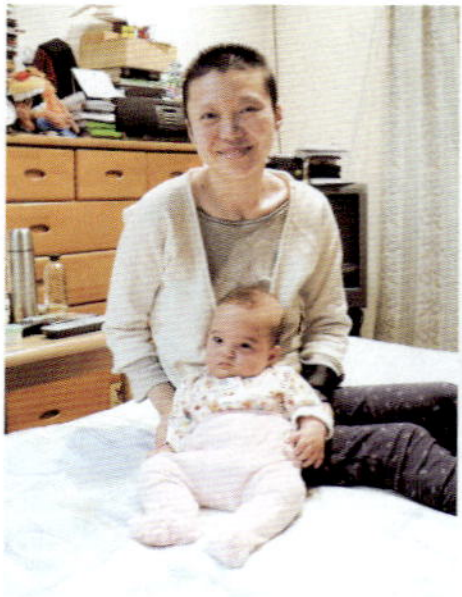

2006.10
初めての抗がん剤治療の頃

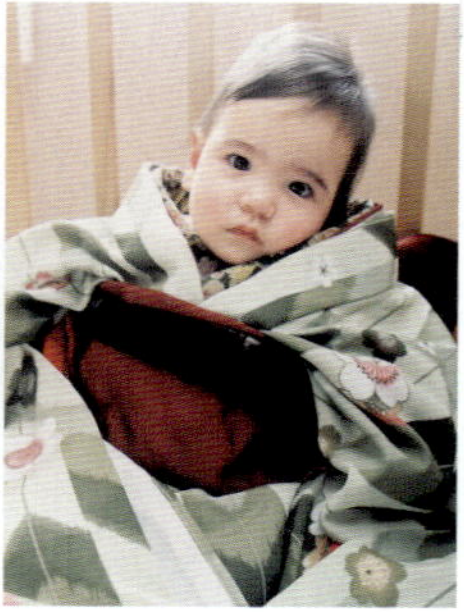

2007.4

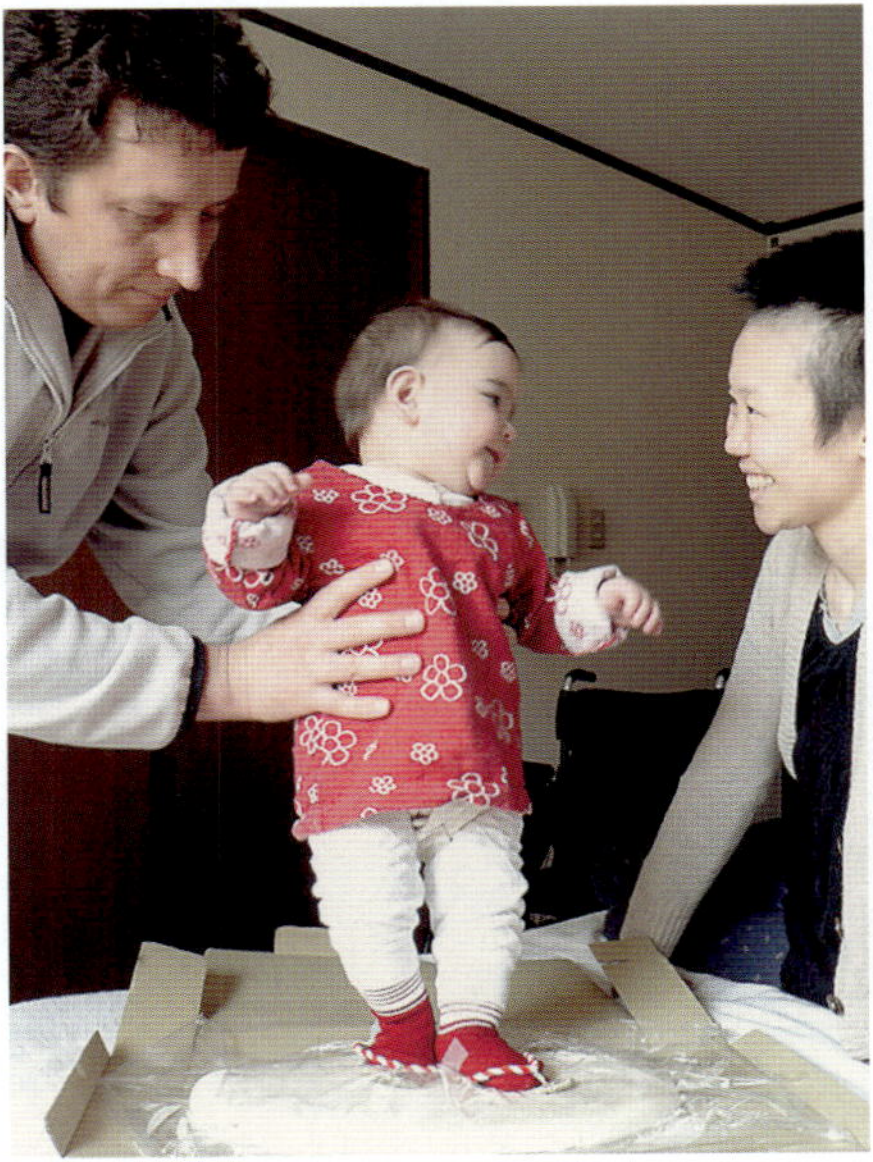

2007.2.4　餅踏み

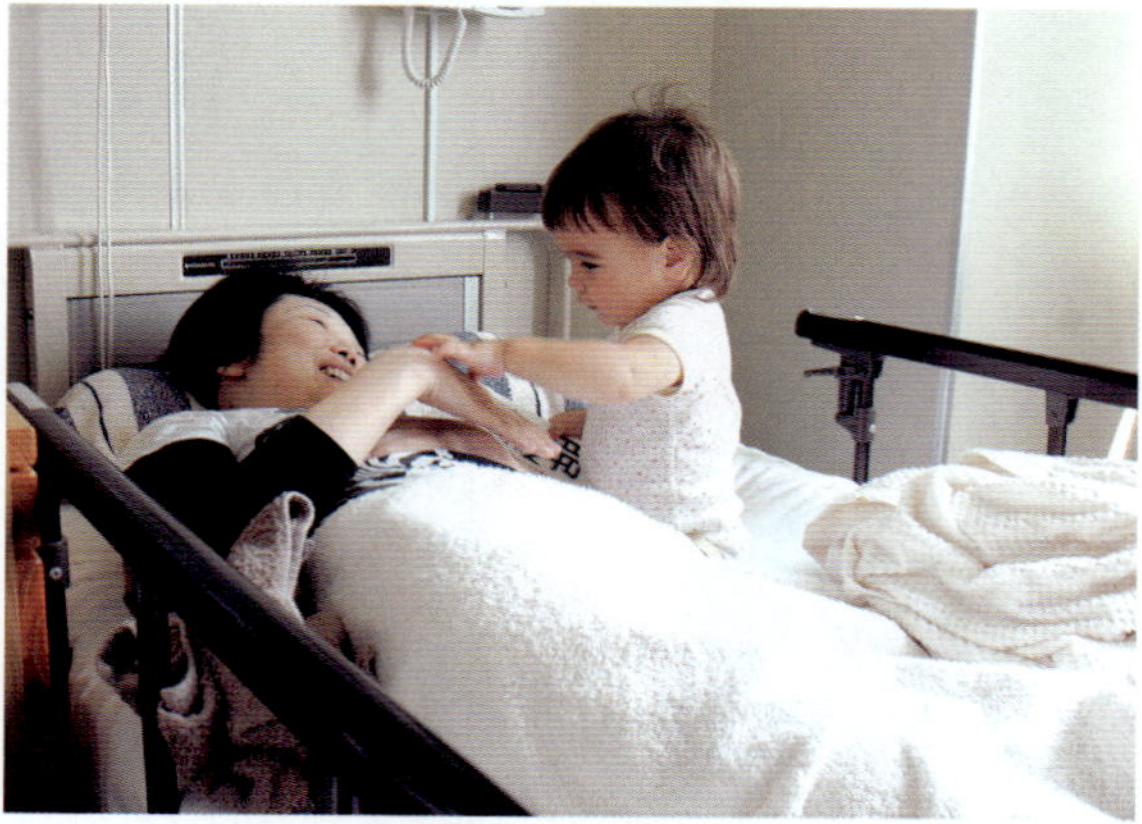

2007.7　２回めの抗がん剤治療の頃

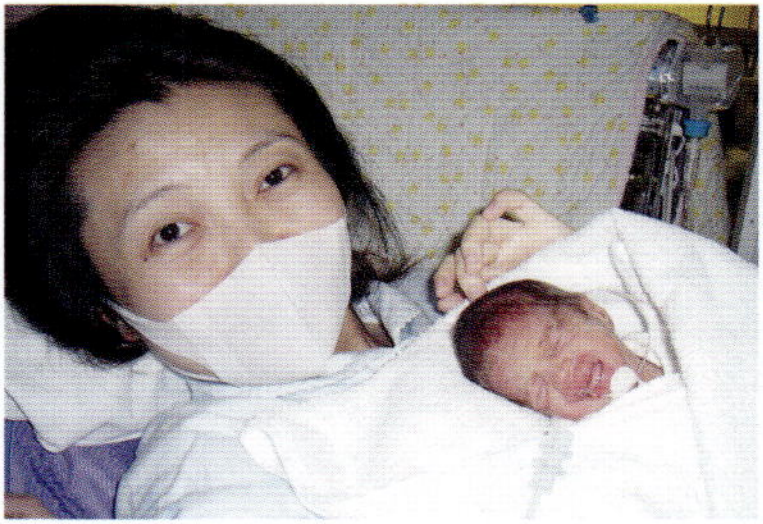

初めてゆりあを抱っこ

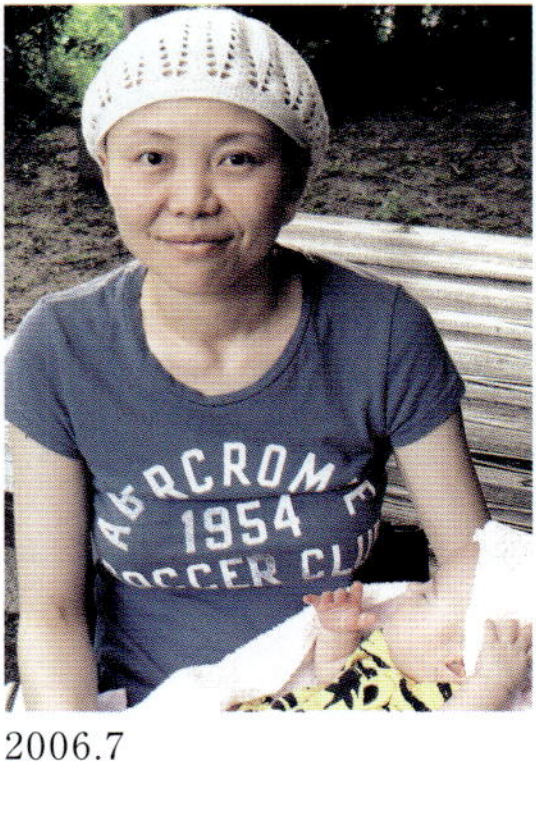

2006.7

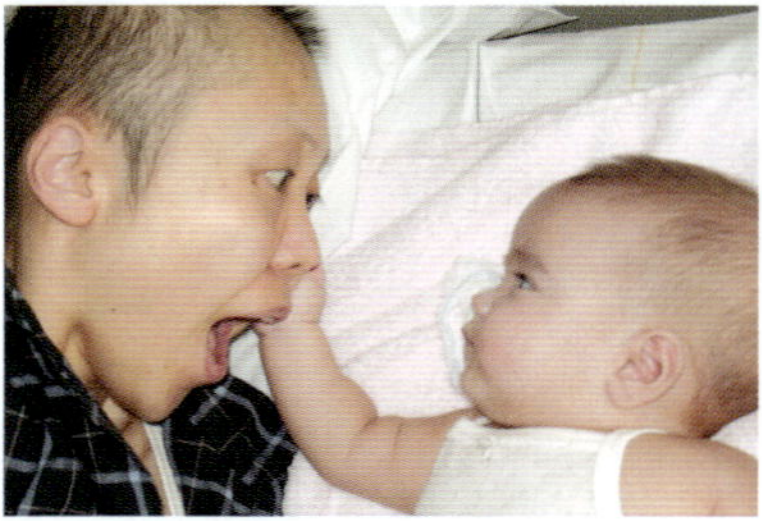

2006.6　珠のようなゆりあ

2007.7　２回めの抗がん剤治療の頃

2006.5　初めて３人で撮った写真

2010.11

ママからの伝言

ゆりちかへ

テレニン晃子

幻冬舎文庫

ママからの伝言

ゆりちかへ

目次

晃子とレオニド　出会いと別れ　123

ゆりちかへ

My lovely　ゆりちか。

赤ちゃんがこんなに可愛いとは、
ママは知りませんでしたよ！
病気になったときは死にたいと思ったけど、
今はできるだけ長く生きてあなたと一緒にいたいです。
ゆりちかが笑うと本当に可愛くて、
こっちも幸せになります。
その笑顔をこれからもずっと見ていたいのですが、
何があるか分からないので、
ママがゆりちかに話したいことを書きます。

リョーニャのこと（パパのこと）

ママはリョーニャが大好きです。本当に出会えてよかったと思います。

考えれば遠い遠い国でお互いに生まれて、全然違う環境で育って、こうしてめぐり逢うんだから不思議です。

初めてリョーニャから電話をもらったときは「変な人」（変わった人という意味で変態ではない）だなと思いました。でもメールは楽しかったので会ってみたら、すっごいダサい格好で（パパのおしゃれセンスは問題があるので、ゆりあ、フォローしてね！）あまり第一印象はよくなかったです。しかも全然しゃべらないし！

だから次のデートに誘われたときは正直びっくりしました。全然しゃべらなかったからママのことも気に入らなかったのかなと思っていたから。でもどうやらパパはもともと無口な人なので、あまり気にしなくてもよかったみたい（ごはんのときもパパは全然しゃべらないけど、あれは別に怒っているわけではなくて、ただ無口なだけで、早く食べてしまいたいだけだから、あまり気にしないでね！　でも、ロシアの友だちとはベラベラしゃべるときがあるから……あれは不思議）。

そして、その次のデートでは2時間遅刻してきやがった！（パパは自分が待つのは大嫌いなくせに、人は平気でよく待たせます。パパの遅刻ぐせはよくないので、ゆりあ、パパをしつけてください！）そうして、だんだんパパのことが分かってきて、ママもだんだんパパが好きになりました。

パパは誰にも似ていません。独特で変わった人です。そんなパパのユニークなところがママは大好きです。でも、だから逆にパパは人に分かってもらえないときがあります。万人受けするタイプの人じゃないので。だからママはそんなときパパをフォローしてました。日本語が上手に話せないのもあるしね。

パパは言葉が足りないときがあります。本当は「好き」とか「ありがとう」とか思っているのに、それを言ってくれないときがあります。照れくさいし、そんなの分かっているだろうと思っているみたいです。

でも言葉にして言わないと伝わらないし、ママもmind reader（マインド　リーダー）ではないので、言ってほしいときは、キチンと言ってくれるようにパパに頼みます（でもあんまりしつこく言うと逆効果。パパはへそを曲げてしまいます。難しいね。

怒ったり、泣いたり、感情的になったりせずに、落ちついて、正直に、そして真面目にピシャッと頼みましょう）。

そうすればパパは応えてくれるし何よりも態度で示してくれます。パパが「愛している」という気持ちを言葉にしないのは、言葉で表せないぐらい心の中ではもっともっと思っているからだということが分かります。


パパは女の人には親切です（若くてキレイな女の人にはとくに！　おばさんには厳しいですが……）。それに好きな人とそうでない人では接し方がはっきり違います。パパ独自の判断基準があって、ほぼ第一印象で決まります。一度決まると、後はめったに変わりません。※ごんちゃんみたい（笑）。

そして好きな人や初めての人の前では、感心させたくてがんばりすぎるときがあります。車をWild（ワイルド）に運転してみたり、ゆりあ（赤ちゃん）をアクロバティックに扱ってみたり……ちょっと驚くようなことをわざとするのです。

残念ながらあまり相手からは感心されないときが多いのですが、パパはあまり気にせずにまたがんばってしまいます。そういう子どもみたいなところがあるから、いちいち怒らないで、「またはじまった」という感じで大目に見てがんばらせてあげてね。

パパが好きな人にプレゼントするときは「パパが本当によいと思う物」をプレゼントします。とっても自信満々なので、もらう人がいいと思うかどうかは忘れてるみたい……。悪気はないのよ。だから欲しい物があるときは、先に言ったほうがいいです。

パパは写真が好きです（写真をプレゼントするのも好きです）。そして、生き物が好きです。小さな生き物がティクティク動くのがおもしろくて好きみたい。

先日、パパが朝会社に行くとき、玄関のところでふと止まってカメラを出し始めました。小さなトカゲをドアのところに見つけたみたい。会社には遅刻しているくせにトカゲの写真を撮る時間はあるんです。ママはパパのそんな、ユニークでゆったりした時間が流れているところが好きです。

注釈

※リョーニャ

ママはパパをこう呼びます。「リョーンチック」「リョーニャ」とか「レニ」「リョーニック」いろいろあります。ゆりあを「プーカ」「プージャ」「プチコ」(ゆりあは20個ぐらいあるよ！)とかいろいろ呼ぶように。勝手に名前をつけて呼ぶのはテレニン家の伝統みたい。

※ごんちゃん

ママの犬。ミニチュア・シュナウザ(雄6歳)。彼にも独自の判断基準があり第一印象で、「安全な人」＝「何もしない」か、「ダメな人」＝「吠えかかって、噛みつく」かを瞬時に決める。ごんちゃんの基準は誰にも分かりません。毎日のお散歩のときママはこれに何度悩まされたことか！

けんか

ゆりあは女の子だから、なぐり合うようなけんかはあまりしないと思うけど、口げんかはやっぱりよくするかも。パパとママと友だちと……いろいろ。

口げんかは勝負だから、言われたらすぐ言い返さないと負けます。口ごもったりひるんだり、言い遅れたりしたら負け。とっさの判断で言い返すのはとても頭を使います。口げんかは頭がいい人が勝つのかも。ママはあまり得意ではありません。考えてしまって、すぐに言い返すのがへたです。

パパはその点上手ですね（パパはとっさに言い訳を考えつくのもうまい）。

でもけんかが終わると、へたでよかったのかもと逆に思うときがあります。悪口やひどいことは言われると傷つきます。いやな気分になります。だから言わなくて済んだのはよかったのかもと思うからです。けんかしているときはうまく言い返せない自分が腹立たしいけれど、やはり人を傷つけるようなことは言わないほうがいいです。

言葉は怖いもので、言った人はすっかり忘れておぼえてさえいないことでも、言われて傷ついた人はずっと忘れられずに残ることがあるから。

人は一人では生きていけません。たくさんの他の人たちと関わりあって生きています。世の中にはいろいろな人がいて、合う人合わない人があるのは当然で、そういう人たちと一緒に生きてゆくのだから、ときどきけんかがおこるのも当然です。

けんかするのは別に悪いことじゃないですよ。でも大事なのはその後に仲直りすることです。仲直りのコツは「一日寝かす」こと。けんかしているときは、怒りでプンプンで感情的になっているので、双方とも冷静になれません。だから一日寝かせてちょっと時間をおいて気持ちをおさめると冷静に考えることができるようになります。

仲直りするときは、自分が何がいやだったとか、とても傷ついていやな気持ちになったというようなことは、はっきり言いましょう。がまんしなくていいです。でも言うときに大事なのは絶対怒って感情的にならないこと！

まじめに正直に、素直に、冷静に言うのが大事です。

相手を責めるのではなく、いやだったという事実を伝えることが大切です。逆に自分が言われたときも、感情的にならずに素直に聞くようにしましょう。感情的になるなって言われても難しいけどね。がんばって。

仲直りがいつもうまくいくとは限りません。仲直りできないときもたくさんあります。どうしても許せないときもあるでしょう。そんなときは、せめて許すことはできなくても、ちょっとだけ忘れてあげることはできると思いますよ。また、どうしても解決できないこともあると思います。そういうときは、考えないようにするのも一つの方法です。

まともにぶつかるのではなくて、よけて通るのも時には有効ですから。

ママは20代初めごろまでは、そういうのは逃げているようで、ズルいような気がしてあまり好きではなかったのですが、社会に出て仕事して、いろんな人に会ったら、「地雷」は避けて通ったほうがいいなと思うようになりました。

よく「話せば分かる」と人は言いますが、あれはウソで、「話したって分からない」のが人間だと思います。だから言葉や態度で分かりあえるように努力するのが大事なのです。思っているだけでＯＫなんて甘えてはダメです。Action（行動）こそが大事です。思いをどういうActionに表すかで、その人の人生が見えると言ってもいいぐらい大事だと思うよ。だから難しいんだけどね。

どんなに話してみても理解できない人が世の中にはいます。ママは、パパにでさえも、どんなに話しても分からないことがあるよ。愛しあってるもの同士でも分かりあえないことがあります。

でも、いつもそのことばかり考えているわけではないから、普段は仲良しでいられます。好きな人のいやなところは見ないようにしてあげる。嫌いな人のいやなところは考えないようにしてあげる。これで毎日がストレスなく少しでもhappyに過ごせるようになるなら、それはそれで全然いいと思うよ。

毎日会うとけんかするけど、ときどき会うと仲良しでいられることはよくあります。ママが大学生のころ、ママのお母さん、お父さんと毎日けんかしていたので、ママは家にいるのがいやになって、バイトでお金をためて一人暮らしを始めました。

そしたらママはお母さん、お父さんのありがたみが分かったし、素直に感謝できるようになったし、ママのお母さん、お父さんも、ママを思いやってくれるようになったし、お互い仲良しになれました。

いやなところを見ないようにしても、しばらく距離をおいてみてもダメなとき、どうしてもガマンできないとき、そんなときは、もうその人（物、場所）と一緒にいるのはやめたほうがいいです。その人（物、場所）といることで自分が毎日傷つくようなら、早く距離をおくようにしましょう。

最近の若い人には自殺するところまでガマンしてしまう人がいるそうです。ばかみたいだね。たいていのことが死ぬほどのことじゃないのに、逃げちゃえばいいのにね！　本当にキツいときは「逃げる」ことすら頭に浮かばないことがあるから、とにかく本当にキツくなったら逃げちゃいなさい！　ゆりあ。

自分の命をさいごに守るのは、誰でもないあなただけです。愛している人でも、お医者さんでもありません。

さいごのさいごはね。

人間は一人で生まれてきて、一人で死んで行くんだからさびしいけど、さいごのさいごは一人なの。

だから生きている間は、いっぱい好きな人と一緒にいて楽しい思いをするのよ!!

お友だち

ゆりあには、いいお友だちがたくさんできることをママは願っています。

お友だちは多いに越したことはないけど、友だちの価値は「量より質」です。だから お友だちが少なくても、あんまりいなくても、べつに恥ずかしいことじゃないからね。そのうちできるからあんまり気にしなくてもいいです。

ママはお友だちづくりがあまり上手ではありませんでした。中学から高校、大学と思春期のときは考えすぎて、人と話すのが怖かったりとか、変な時期もありました。


子どものころは、外で遊ぶようになればすぐ自然にお友だちができると思います。

幼稚園や保育園に行くようになるともっとたくさん友だちができるようになるのかな。子どもは自分を抑えることを知らないから、わがままで、そのわがままなもの同士がぶつかるから、けんかもちょくちょくするでしょう。

ママの経験上だけど、やっぱり好かれる子は自分のわがままを抑えて相手のことを考えてあげたり、相手がいやがることをしたり言ったりしないようにしていた気がします。そんなふうにがんばっていた印象があります。

ママは、ゆりあにそこまでやりなさいとは言いません。そんなに人のことばかり考えてたら大変ですからね。相手のことを考えてあげるのは大事ですが、いつもそうだと自分が後まわしになってしまいます。まずは自分が大事。でもいつも自分、自分だと今度は「わがまま」になるので、難しいけどバランスが大事です。

お友だちを作るコツ、仲良くするコツは、オープンであること。変に自分をよく見せようと格好つけずに素直でいること。そして、あっけらかんとしていることです。ママはすぐ格好つけようとして、よく失敗しました。

そして、もうひとつ大事なことは、お友だちと、自分をすぐ比べないこと。ゆりあという人間は世界にたった一人しかいません。あなただけです。だからあなたは誰にも比べられないのよ。よく覚えておいてね。

簡単に自分と人とを比べるから、人のことがよく見えて、うらやましくなったりするのです。初めから比べさえしなければ、何でもないことなんだからね。

人と比べたり、比べられたりしたときに「ライバル意識」がめばえることがあります。よく覚えておいてほしいのは、たとえばゆりあが誰かにライバル意識を持ったとすると、それはゆりあがその人に「負けている」ことの証明なのです。「ライバル意識」とは必ず負けている方が、勝っている方をある種うらやましく思う気持ちが変化したものだから。

それに「ねたみ」「そねみ」「やっかみ」に発展しやすいので、扱いが厄介です。そして、一度このライバル意識を持ったら、持った人のほうがそれを対処するしかありません。

逆にライバル意識を持たれた方は、あえて何にもせず、いつも通りでいてあげることが大事です。下手にへりくだったり、手加減したりするのはかえって逆効果です。冷たいようだけどこれは相手が自分で対処するしかない問題なのでしかたありません。

人間の感情の中でも、この「ねたみ」「そねみ」「やっかみ」という気持ちをコントロールするのは本当に本当に難しいです。それだけ強い感情だから。時には身をほろぼしかねない強い感情になります。

だから、その人がこれにどう対処するかが、その人のあり方にまで関わってきます。
ゆりあもきっと悩むときが来るんだろうな。
ママが助けてあげたいよ！

子どものころ

子どもでいる時間は長くて、長くて、長いよ。子どもは子どもでいるのに一生懸命だから本当は子どもなんだけど自分では大人みたいな気持ちでいる。学校にも行かないといけない、大人の言うことも聞かないといけない、勉強もしないといけない、お友だちとも付き合わないといけない、本当に子どもは大変だと思います。

ママは子どものころ、早く大人になりたいって思ってたかな。でも、本当に大人に近づいたら子どものままでいたいと思った。変だね。

とにかく子どもでいる時間は長いから、そういうもんだと思ってゆるゆるがんばりなさい。焦っても何も変わらないし、とにかく先は長いんだからね。

世の中には「時間」っていう何にでも働くすんごいものがあって、それはゆっくりなんだけど確実にいろいろなものを解決してくれるから、時には「時間」にゆだねなさい。

考えてみれば、人生って、何かを「待ってる」ことかもなぁと思います。素敵なことが待ってるのかもしれないしね。楽しみながら待ってるといいね。

子どものころは、そのとき何のことだか、よく分からないことがいっぱい、いっぱいあります。何が分からないのかさえも分からないことがある。自分がどうしたいのかも分からなくて、ごっちゃごっちゃになることがある。だから自分の言いたいことが言えなくても当然だし、それで普通だから、大丈夫。そして、ある日とつぜん分かったりします。

ごっちゃごっちゃのときは、けっこう焦るし辛いだろうから難しいとは思うけれど、焦っても何も変わらないので、できるだけ気を大きく持ってゆっくり構えましょう。でも、そんなことができる子どもなら、子どもじゃなくて、立派な大人だね（笑）。

勉強

ママは正直に言うと、ゆりあには健康でさえいてくれれば少々お勉強ができなくてもいいと思ってます（パパはそうは思ってないと思う。教育熱心かも）。ママの言うお勉強とは学校のお勉強のことです。

ママが小学、中学、高校と（大学はちょっと違う）日本の教育システムの中で勉強してきた経験から言うと、学校のお勉強は「ものを覚えること」が主流だったと思います。漢字、英単語、文法、九九、数学の公式、地名などなど。たくさん覚えることができれば、よい点がとれるものが多かったと思います。

ママは小学校4年生のときに突然、記憶力が付いたので（急にモヤモヤが晴れて頭がスッキリしたかと思ったらどんどん暗記ができるようになった。それまでは全然ダメで成績も悪かった）、それからは成績もよくなりました。

でもママも苦手な科目があって、算数（数学）、とくに文章問題が大の苦手でした。それは自分で考えて答えを出さないといけなかったからです。ママは暗記は得意だったけど、自分で考えることは苦手でした。なので理科や社会の自由研究なんかも苦手でした。そしてあげくには、そういう問題はできるようになるまでにとても時間がかかるので、それよりは他のことをたくさん覚えた方が効率がいいと考えるようになりました。

幸いママはこの方法で高校や大学に合格することができましたが、大人になって社会に出て働くようになったら、ママの苦手だった「自分で考える力」がどんなに大事だったのかがよく分かりました。「自分で考える力」のある人は、ものをいろんな方向から見ようとします。

また、一つのことを基にしていろいろと応用を利かせることができます（これは何かと強い！）。だから失敗してもその後の処理がうまいし、逆境にも強いです。ママはゆりあには「自分で考える力」のある人になってほしいです。

自分で考える力を養うには知識が必要です。ものを知らない頭のままでいくら考えても薄っぺらな答えしか出てきませんから。だから、いろんなことを知って頭に入れておくことが大事です。

そういう意味では、学校の勉強は知識を増やすためにはとても役立つと思いますし、ものを覚える力も大きな助けになります。知識を頭につめこむのが目的ではなくて、その頭を使って物事を自分で考えていくことが大事です。

知識を増やすのは学校の勉強だけではありません。いろんな人と話したり、本を読んだり、テレビを見たり、音楽を聞いたり、映画を見たり……いろんなことから吸収できるので、興味をもったら何でもとびこんでみてね。ゆりあの好奇心はその大きな原動力になるはずです。

学校・先生

これからゆりあの長い長い子ども時代の中で多くの時間を過ごすところが学校です。学校に行くのは子どもの仕事なので「どーして？」とか言わないように。

正直に言えばママは子どものころあまり学校が好きなほうじゃなかったです。毎朝早く起きないといけないし、勉強もたくさんしないといけないと思うと、ときどき学校に行くのがいやになって、ズル休みすることもありました。

ズル休みした日は、はじめはバレるんじゃないかとハラハラしますが、授業が始まる時間を過ぎるといつもは見られないテレビのワイドショーやNHK教育番組を見たりして、後ろめたい気持ちを感じつつも、自由な時間を楽しむことができて楽しかったのを覚えています。

でも、はじめは楽しいのですが、いつも昼ごろになるとすることがなくて退屈でたまらなくなって、夕方にはさっきまで行きたくないと思っていたのに、だんだん学校に行きたくなってくるので自分でも不思議でした。

そしてズル休みした次の日学校に行くと、お勉強が1日進んでいて自分の知らないことがあったり、お友だちとの話題に少しついていけなかったり、ちょっとおいてけぼりにされた気がして、ズル休みをしたことを少し後悔するのでした。

ママはたまにならズル休みもいいと思います。学校に行くのが苦になったり、気分がふさぎこんでしまうときは気分転換になっていいかもしれない。ママにはゆりあが「逃げ場がない」と思ってしまうことのほうが怖いです。

子どものころは家と学校ぐらいしか世界を知らないから、そこで何かあると全部ダメみたいに考えてしまうのかもしれない（それで、自殺までしようとしてしまう子どもたちがいるのかも）。本当は他にもいろんな世界があって、これから先にもいろんなことが待っているのにね。

追いつめられると気持ちに余裕がなくなるから、視点を変えてみたり、違う考え方をしてみたりするのが難しくなるので、煮詰まる前にときどきガス抜きしておくのはいいことだと思います。

でもズル休みは自己責任なのでちゃんと考えてからやるように。大事な授業を逃したりしたら後で苦労するのは自分だからね。

ゆりあが親の次によく接するようになる大人が、学校の先生たちです。この人たちを通して、子どもは大人との付き合い方をおぼえていくのだと思います。先生たちは大人なので子どもよりずっと経験もあるし、いろんなことを知っているので頭がいいです。

だから先生の言うことは聞かないといけないけど、絶対に正しいわけではないからね。大人だって間違ったことを言うのはよくあります。そしてそれに気付いてない大人も多いの。それでいて子どもには言うことを聞かせようとするから子どもも大変よね。

だからそんなときは聞いたフリをしていいからね。そして必ず後でパパに（ママがいればママに）どうすればよかったのかを聞いてください。ゆりあが一人で考えられるようになるまでは、パパやママの意見を参考にして、ゆりあなりにいろいろ考えてみてね。

ママが通っていたころの学校には、「キチンとしなければいけない」ムードや、「間違えることは格好悪い」みたいな空気があって、ママもみんなの前に立つのはすごく緊張したし、間違えるのがとても怖かったのを覚えています。

子どものころは、失敗して笑われたり、とにかく格好悪いことがとても怖かったりするけど、子どもなんだから失敗するのが当然だと思って、逆にみんなを笑わせようとするような気持ちでいれば、そのうち格好悪いことも怖くなくなるかもしれない。笑いやユーモアは、堅苦しいムードや緊張から解放されたいときにも味方になってくれると思うよ。

お金

まだゆりあは赤ちゃんだからいいけど、これから大きくなるとお年玉とかお小遣いでお金をもらうようになります。お金は貯めておけば後で何か欲しい物ができたときに使うことができるので、すぐに使ってしまわずに貯金するようにしましょうね。

ママは貯金が得意でした。というか、数字が増えていくのが楽しくて、ついつい貯めて、気がついたら貯まってたということが多かったです。ゲーム感覚でやれば貯金は難しくないですよ。

大きくなると、新しく何かやりたいことがあっても、まずは先立つもの、お金がないと何も始められないと感じることがよくあります。このころは親が賛成しないことをしたがる年ごろでしょうから、親に借金も期待できないので、My貯金が強い味方になります。お金がなくてしたいことをあきらめるのは、やっぱり残念です。そういうときのためにも貯金は大事です。

ママが心配なのはパパ。パパは貯金をしないし、お金にあまりこだわりがないので……。でもゆりあも生まれたし、これからはパパにもがんばって貯金してもらわないとね。そのパパからこの前大事なことを気づかされました。

ママは節約家なほうなので、何かを買うときも、ちょっと不便だろうが安いほうをつい買っていたのですが、パパに、お金は人生を豊かにするために使うものなのにお金を貯めたいがために安いからと毎日不便するようなものを買うなら本末転倒じゃないかと言われてハッとしました。けっこうあべこべのことをしてたかもと。それからは日々使うものこそ少し贅沢してもいいなと思うようになりました。

お金で気をつけないといけないのが、使いすぎと貸し借りです。現金ならないと使えないのでそれまでですが、カードはそうではないので自分できちんとお金の管理ができるようになるまでは、また仕事を持つまではクレジットカードは持たないほうがゆりあのためでしょう。

また、お金の貸し借りや支払いものにはさらに注意が必要です。貸すほうはまだよしとしても、借金や支払いものは遅れると信用を失くします。他のところでどんなにキチンとしていても、結局だらしない人間と見られてしまいます。信用を失くしてくやしい思いをするのは自分なので、日ごろから気を付けてね。

おそうじ、整とん

ゆりあにはおかたづけ上手になってほしい。

ママ病気になっちゃったからかたづいたお部屋で過ごさせてあげられないのが本当に本当にくやしいです。パパはおそうじ大の苦手だし……。

おかたづけのコツは、

①習慣づけること
②ためないこと。後でしようとしない。ささっとその場で70%ぐらいやること
③100%をめざさない。苦にならない楽な方法で、ちゃちゃっとやること
④物の収まる場所（帰る場所）を決めること。動かしたら、必ず元の収まる場所に戻して、置きっぱなしにしないこと
⑤物を増やすときには、物の収まる場所（帰る場所）を考えてからにすること。そ

うすれば、置けないものを買ったりしなくて済みます

⑥思いきって物をすてること。また必要なら買えばいいんだから。思いきって、すてるって意外と気持ちいいよ！　パパは、物がすてられない人です。だからどんどんたまるし、そしてどこにあるのかも分からなくなる。バカみたいね（笑）

ママは、正直言えばあまりおかたづけ上手ではありませんでした。でも、コツをつかんで、まめにおそうじするようになってから、いつもきれいなお部屋にいるほうがずっとずっと気持ちいいことが分かりました。それに、やってみればそんなに難しくなかったです。

きれい好きのゆりあになってほしいな。

追伸――朝起きたとき、ベッドのお布団をきれいに直すクセをつけましょう。それだけでお部屋がぐっときれいに見えます。パパはめちゃくちゃだから、ゆりあ、ごめんけどパパの分もよろしくね。

女の子ということ

ゆりあは女の子です。この性別というものは、自分では選べないので、ときどき、受け入れるのが難しかったりします。

ママのお母さん（ばあば）もどちらかというと男っぽいところを見せたがる人だったし、子どものころはそういう親の影響を無意識にうけるから、ママも「女らしく」とか「女の子っぽく」ということが何か恥ずかしくて、なかなか受け入れるのに時間がかかりました。

いま考えるとばかみたいだけどママは大人になってからもしばらくスカートがはけなくて、ズボンばっかりはいているときがありました。やっと「女」ということを自分なりに受け入れられるようになったのは20代後半だったと思います。おしゃれしたり、お化粧したり、お料理したり……。深く考えずにやってみたらすごくおもしろい「女の楽しみ」なんだと分かりました。

だからゆりあにもいっぱい楽しんでほしい。おしゃれのセンスもみがいてほしいし、これはある程度習慣だからママがゆりあを手伝ってあげたいなあ。ゆりあの髪を毎日違う格好に結ってあげたり、いろんなお洋服を着せたり、ママも楽しみたいです。

ママはゆりあが女の子に生まれてきて本当によかったと思っています。ママも今は女に生まれてきて本当によかったと思うし、この世の中は女の人のほうが少し自分らしく生きていけるような気がします。

これから先、男の人と競争しないといけないときもあるでしょう。競争は平等が原則だから、女の子だからって大目に見てもらえません。それにやっぱり社会の制度として、男女差別があるのは事実。

でも、男と女はもとから違うのだから「差別」と言って嘆いたり、憤ったりするより「区別」だと割り切っていくほうが楽です。ゆりあがどうあがいても変えられないことが世の中には山ほどあります。だから、そんなことにはいちいち悩まないこと。

パパがよく言うんだけど、そういうことにぶつかったら、あたかも取るに足らない些細なことかのようにとことん「無視」して、考えてあげないようにするそうです。「逃げ」ているわけではなく、「考えない」攻撃をする感じで。ママ、前に本でフランス人も似たようなことをするって読んだことあるよ。

やっぱり、女の子は可愛いほうが何かと得です。これは現実だから、それを利用するのは別に悪いことではありません。度がすぎると下品になるから、使いすぎないようにバランスに気を付けましょう。

それにもうひとつ大事なことは「あいきょう」です。どんなに可愛い子でもブーと無愛想にしてたら近よりがたいし、せっかくの魅力も半減です。

だから人と接するときはまず「笑顔」を心がけましょう。初対面の人にはとくにね。悲しいときや、辛いときまで無理して笑顔を作る必要はないから、無理のない程度で「笑顔」をちらっと、振りまいていればいいと思います。ゆりあは、ちょっとまゆ毛を上げるだけでもじゅうぶん素敵な笑顔になるよ。

おしゃれ

ゆりあにはおしゃれを楽しんでほしいな。たくさん、たくさん可愛くなってほしい。女の子だから味わえる素敵な楽しみがたくさんあるよ。きれいな服を着たり、お化粧したり、髪型を変えたり、おしゃれは楽しいよ。

おしゃれのコツは、やりすぎないこと。学校の制服にばっちりメイクの若い子なんかを見るけどあれはヘタだね。3年後自分自身でも恥ずかしくなると思うね。

そして、服はたくさんもってなくてもいいから、いい服（時には高い服も）を着てね。そして大事なことは高い、いい靴を履くこと。人は足元を見るというものです。いいお洋服を着てても安い靴を履いていたらあなどられます。パパにも言っておくから。女の子はお金がかかるってね。

アクセサリーも楽しんでほしい。ママのがあるから使っていいからね。ママはイヤリングが好きでした。邪魔にならなくてそしてエレガントだから。ママは怖がりだったからピアスができなくて好きなイヤリングを落としたりしたけど……。ゆりあは自分で考えてピアスしていいからね。パパに言うとダメって言うかもしれないから内緒にしてていいからね。

おしゃれする前には、身だしなみに気をつかわないとダメよ。不潔にしておしゃれで重ねるのは最低だからね。だから、朝おきたら必ず歯みがきをしなさい。これは歯のためではなくて息のため。必ず、舌をみがいてね。口の臭いは自分ではあまり気がつかないからなおさら気をつけてね。そして、夜は寝る前には歯のために歯みがきしなさい。

それと、すぐしゃがむのは、みっともないからやめなさいね。たとえば、デパートやホテルでバッグの中の探しものをするときにバッグを床に置いて、しゃがんで両手で探しだすおばさんとかをよく見かけます。あれは日本人特有の変な行動です。気をつけてね。

人は見かけで判断してはいけないと、学校とか大人が当たり前みたいに正しそうに言うけどね、人は最初は見かけから（外見から）しか判断しようがないの。だってその人が内側はどんな人とか、見ただけでは分かるはずないから。いい人そうにふるまうことだってできるし。ある程度、話をしてみて、どんな人か探っていくしかないと思う。

だから逆に、ゆりあも初めは外見からしっかり見られるのよ。どんな人かなとか、清潔な人かなとか、おしゃれな人かなとか、話しやすそうな人かなとかね。人は短い時間でしっかりあなたのことを見るのよ。

だから第一印象って大事なの。それに、この第一印象は長く残るから、いったん悪い印象を与えると、それを改めるのに時間がかかったりして、けっこう面倒くさかったりします。ただの誤解のことが多いんだけどね。

だから誰か初めての人と会うときは、まず清潔にして、ちょっとがんばって（がんばりすぎはダメ）※いい服を着て少しニコニコぎみにして、なるべくダンマリを決めこまないでお話ししてあげるようにしましょう。何でもいいのよ。趣味とか、好きなことか、最近買ったものとか。会話に困ったら相手にちょっと質問してみるといいよ。

自分のことを聞かれてそんなにいやな気になる人はいないから。

注釈

※いい服

これはヨーロッパとかに行くと分かるんだけど、どんな服を着ているかですぐ値ぶみされるのよ。安い服を着てたら、貧しい人みたいに扱われるし、逆に高そうな服を着てたら、それなりにきちんと扱ってくれる。分かりやすいです。パパはあまり外見を気にしないから、こういうことも分かってないと思うけれど……とにかく、ちょっとしたコツでわざわざいやな思いをせずにすむから、ゆりあには覚えておいて欲しい。

ダイエット、食べること

ダイエット……ママは、これで本当に本当に苦労しました。自分の食欲をコントロールすることが、何と難しいことか!!

退屈な気分をまぎらわすためだったり、ストレスを解消するためだったり、何だかんだ理由をつけて、食べてしまう……。このスパイラルというか習慣にいったん入るとなかなか抜けるのが難しいから、だらだら食べない食習慣をつけることが大事です。

その点、パパはそんなに食べ物にこだわらない普通の食欲の人だから、ゆりあが変な食べ方をしているときは叱ってくれると思うので、パパの言うことを聞きなさい。ママもパパに止められて助けてもらったことがあるから。でもパパは人がダイエットで苦労してるときも、となりで平気で大好きなチョコレートを食べたりする無神経なところがあるから、そんなときは、文句言っていいからね。

食べすぎないコツは、もちろん、だらだら際限なく食べないことが大事だけど、食べる前に食べるためのセッティングをすること、食べる準備に少し時間をかけてあげることです。

例えば、クッキーを食べるなら箱からドバーと出さないで、まず、お皿にうつして、お茶を準備してから食べるようにしましょう。そうすれば、自然と食べすぎもなくなるし、それに意外と食べた満足感もあります。


そして、食べるという行為は、時には恥ずかしいことだって知っておくのも大事です。だから、どこでも食べていいというわけではないからね。食べるときは必ず椅子に座って食べる態勢になってから食べる。ばあばたちはすぐ立ってつまみぐいするからマネしたらダメよ！　また、若いときは「歩き食べ」も可愛いときがあるけど、やりすぎはダメだからね。

とにかく、ただ食べればいいというのは下品です。犬猫じゃあるまいし、人間なんだから。食べる行為だけに固執するのではなくて、食事する時間全体を楽しみなさい。

生理・体の変化

長い長い子ども時代だけど、体に変化が急におこることがあります。急に背が伸びてきたりとか、女の子は胸が少しふくらんできたりとか。

びっくりしたり、恥ずかしい気がしていやな気分になったりするかもしれない。べつに恥ずかしいことでも、悪いことでもないのだけどね。子どものときは、そうやって心と体のズレがあるのでときどき悩むかもしれないけれど、焦って考えても何も変わらないから変化に身をまかせなさい。

ママに生理が来たのは中学1年か、2年生のころ。そんなに早いほうではなかったよ。毎月生理痛でお腹が痛くなるし、痛み止めのお薬は手離せなくなるし、めんどうだなと思っていました。

そうしているうちに、ママのぺちゃんこだった下腹にはみるみるお肉がついてきて、あれっと気づいたときには、ぽっこり二段腹になっていました。大ショックでした。部活をしていて急に食欲が増えたせいもあるけど、あのときあんなに食べなければよかったと今でも反省しています。

女の子らしい丸みをおびた体に変化していくときは太りやすい時期でもあるので、ゆりあ、気をつけるのだよ。

女の人の体にはサイクルがあります。ママは生理が終わると体がリフレッシュされる感じがしました。便秘も治るし、体重も1、2kgストンと落ちたりします。また、気分の波もこのサイクルの影響を受けます。生理が来たばかりのころはサイクルがまだ不規則なので、気分の波も乱れがちになることがあります。

そしてこのころに気になってくるのが濃くなる体毛でしょう。ママの経験から言うと脱毛はプロにまかせるのが一番です。尚子ちゃん※に言っとくから、気になったらすぐ相談しなさい。くれぐれも自分で処理しようとしないこと。跡が残ってたいへんです。はじめからプロにまかせましょう。

注釈
※尚子ちゃん
ママの妹

恋

どっきどきの恋は楽しいよ。

相手の気持ちが分かるまでは、はらはらどきどきで、向こうの反応に一喜一憂で忙しいです（笑）。学生のときは時間も対象もたっぷりあるからたくさん恋ができるし、友だちを巻き込んでも楽しいし、恋をしてると学校に行くのが楽しくなりますよ。

そして、もう少し大きくなると今度は、自分のパートナー探しの長い恋の旅です。お互いのことをもっと深く知るためにお付き合いをします。キライになったらすぐ別れるような以前の恋の仕方とはちがって、もう少し長い目で相手のことを見てあげることができるし、相手のイヤなところもきたないところも全部受け止めてあげることができます。そして、自分の格好悪いところやイヤなところ、弱いところもさらけだして、受け止められながら愛をはぐくんでいきます。

恋は落ちるもの、愛は育てるもの、とはよく言ったものです。そして、自分以外の人間と理解しあうことがどんなに難しいかを知るでしょう。生身の人間が相手だからテレビの恋愛ドラマや少女漫画のまねごとをしても全然役に立ちません。他人を理解して、生活を共にしていくことは難しいけど、ママからコツを少し伝授します。ちょっと悲しく聞こえるかもしれないけど、恋人だってしょせんは他人。自分ではないので完全に理解しあうのは無理です。自分を理解するのだって難しいのに……。ある程度お付き合いして、分かりあえたかなと思うところは、実際以心伝心みたいなところも多いけど、最初からこういうふうに思っていればたまに何かあっても「何でこんなことも分からないの？」といちいち腹を立てずに済みます。

以心伝心はすごいけど、以心伝心じゃなかったら怒るのはどうかと思います。恋人だって他人なんだから、腹を立てる前に説明する努力をしないとね。

そして次は、「親しい仲にも礼儀あり」の気持ちを忘れないことです。恋人とは家族よりも親しい間柄になると思うけど、親しくなればなるほど、だんだん相手を自分みたいに、時には自分のものみたいに思えてきて他人として尊重する気持ちを忘れがちになります。ようは相手をナメちゃうんですね。

だから相手の前で平気でおならブーブーとか、鼻ほじほじとかも、気がねせずにリラックスできる親しい仲だからこそなんでしょうが、同時にナメてるのも確かです。

仲がよいのはいいことだけど馴れ合いはよくないです。この気持ちを忘れないようにすると、長いお付き合いでもお互いフレッシュな気分でいられますよ。

最後のコツは、秘密をもつことです。別れ話になるような大きな秘密はさすがにマズイけど、小さな秘密とか、何でもいいんです。相手に秘密があることを知るといい緊張感が生まれて、馴れ合いのなーなーになるのを防げることがあります。どちらかというと結婚後の二人におすすめかも。彼氏、彼女だと秘密を隠しごととととらえて逆に関係を悪くするかもしれないので。

女の子は誰でもいつかは結婚したいと思ってます。お付き合いが長くなると結婚のタイミングが問題になってきます。二人とも仕事を持ってて、長く一緒に暮らしていたりすると、結婚したから何かが大きく変わるわけでもないし、いつでもいいや、とのびのびになりがちです。パパとママもそうでした。男の人はとくに結婚すると責任が増すので、延ばせるなら延ばしたいのが本音でしょう。

だからママは子どもができたからしかたなく……というのがイヤで、できちゃった婚は絶対しないぞと思ってました。やっぱりこれから家族を背負っていく人にはその覚悟は自分で決めて欲しいでしょ？　必要にせまられてしかたなくというのは情けないと思う。

それに、できちゃった婚は子どもにも悪いと思います。子どもが欲しいと思って生まれた子と、まだいらないと思ってるときに生まれた子とでは、やっぱり親の意気込みや対応も違ってくるだろうし（父親はとくに）、すべては親の勝手で何も知らない子どもにはいい迷惑です。だからゆりあ、できちゃった婚はだめですよ！

Sexのこと

初めに言っておくけど、Sexは悪いことじゃないからね。もちろん、おしっこしたり、うんこしたりするところを、お互いさわったりなめたりするんだから初めはびっくりするし、恥ずかしいとは思うけど、そういうことはシャワーをあびてきれいに洗えばべつに済むことだから、そんなに深く考えることではないです。

好きな人に体を触ってもらって気持ちよくしてもらうのは、本当にいいよ。おかえしに好きな人のことも気持ちよくしてあげようと思うかもしれないね。ママもパパにときどきしてあげました。でも、パパはママが気持ちよくしてもらう方が好きなのを知っていたから自分から頼むようなことはあまりしなかったかな。

Sexをすると、相手の人が自分をどれだけ大事に思ってくれているのかがよく分かります。抱きしめ方、抱きかかえ方、キスの仕方、体の触れ方、自分を見つめてくれるかどうか、Sexの快感よりも、そういうことの方が女の子には大事だったりします。だから好きな人ができて、その人のことをよく知りたいとき、その人が自分のことをどう思っているか、どれぐらい好きか知りたいときはSexしてみるのもいいかもしれません。

でも気をつける点があります。

一つは避妊。Sexすると赤ちゃんができるから。これはコンドームを自分でも持ち歩いておいて、相手につけてねってキチンと言わないとダメです。心配なときはこっちからつけてあげてもいいんです。相手まかせにしたり、なぁなぁにしないこと。これはSexを楽しむためのルールです。それに性病をもらうことも予防できます。

それと男の人の中には、女の子とSexするまでをゲームみたいに楽しむ人がいるから、そういう人にひっかかっちゃうとSexをした後はポイッと捨てられた感じがして悲しくなったり、傷ついてしまうかもしれない。でもそれも勉強だからね。次はひっかからないようにずっとかしこくなるから。そうやって成長していきます。それ

にSexを楽しんだ二人の時間はウソじゃないし、悪いことばかりではなかったはず
だから、そうやって辛い時間をしのぐんだよ！

それとよく日本人の女の子がやるのが、一回Sexをするともう彼女になったかのような、結婚するかのような気分になって一人で早とちりしてしまうこと。そうじゃないからね。Sexは一つのコミュニケーションの方法。二人の間でとっても親しい握手ができるようになるような感じかな。だからSexをしてその先に何かを求めるのではなく（先を求めたくなる気持ちは分かるけど、そこはぐっとこらえて）、Sexを楽しんだ二人の時間を大切にするほうがスマートです。

いつからSexをしていいかというのも悩むところです。

女の子の体（性器）がSexができるように成熟するのは、17歳とか18歳とか言われます。生理はその前に来るから、生理が来ればすぐSexできそうな気がするけど、体の準備が整うためには少し時間がかかることを覚えておきましょう。

だいいちそんなに早くSexしても痛くて楽しめないし、若い体にダメージを与え

るばかりであまり意味がないと思います。友だちより早くSexをしたいとか、そんなつまらないゲームをするより、自分の体を大事にして、本当にいい相手とめぐり会うまで焦らないで、いっぱい恋をしましょう。

Sexは初めはやっぱり少し痛い。だんだん気持ちよくなってくるという感じかな……。Sexまでしなくても、キスしたりとか、抱きあったりとか、ペッティング(前戯と日本語では言います)したりとか、オナニー(これも別に悪いことではないよ)したりとか、楽しむ方法はいろいろあるからね。

そして忘れないでほしいのは、自分の体をさいごに守るのは、自分しかいないことです。だからゆりあにはなるべく自分を大事にしてほしい。

恋に落ちたときは、相手に尽くしたい気持ちが本当に強くなるし、その気持ちをコントロールするのが本当に、本当に難しくなります。ママも苦労したからよく分かるよ。自分の中に手に負えない魔物がムクムクと出てくるもんね。それをコントロールしようとするんだから、大変です。またそれが恋のおもしろいところでもあるんだけど。

でもママの経験から言えば自分の衝動のままに動くのではなく、できるだけ自分をコントロールしようとしたほうが、結果的によかったと思うことのほうが多かったです。

魔物の嵐がさった後、気持ちも少し落ちつくし、それに何よりも自分をコントロールできたことへの満足感が味わえます。少し大人になったような、「私エライ!」と自分をほめてあげる余裕ができるようになります。そして次に同じようなことが起きても大丈夫だと思える自信につながります。

音楽、本、映画

音楽はこれから長い間ゆりあのいい友だちになってくれます。ゆりあは今でもお歌が好きで、一人で歌っていたり（何の歌かは不明）するので、きっと音楽好きになるだろうなあ。ママのCDとか、iPodとかあるからいっぱい聴いてね。パパはピアノが上手なんだよ。パパのキーボードがあるから弾いてもらったり、教えてもらってもいいかも。ママのベースギターもあるけど、重いからね……。小さいエレキギターも押入れにあるかも。よかったらどーぞ使ってください。

思春期の難しい時期はとくに音楽に助けられて勇気が出たし、なぐさめられたし、好きなミュージシャンの言葉や生き方をお手本にしていました。そのころは音楽がママの先生でした。

同じように本や映画も別の世界が見られるし、ものによっては勉強になるものも多いです。ママは実は本を読むのがあまり得意ではなくて、楽しんで読めるようになったのは20歳過ぎてからでした。

それまではマンガ本（少女マンガは小学校でやめました。ある日少女マンガのセリフを自分がしゃべっているのに気づいてゾーッとしたから）とか、読んでたら周りに格好いいと思われそうな難しい本を見栄張って分かりもしないくせに読んだりしていました。自分の楽しみのために読めるようになってからは、本が大好きになりました。

映画はママもパパも大好きです。お家では毎日見ていました。だからゆりあも自然と映画好きになるかもしれないね。ママたちが見ている映画はほとんど英語で字幕がないので、ゆりあの英語の勉強にもなるかも。ママも映画を見てだいぶん英語の勉強になったから。

ママは大学生のとき、とにかくたくさんの映画を見ました。娯楽作、昔の名作、芸術作品、ヨーロッパ映画などなど。そのときは感想文を書いたりしながら真剣に見ていました。そのうちに自分なりの映画の見方ができるようになりました。少しうんちくを言えるようになったぐらいですが自分の意見が持てるようになったのはよかったと思いました。

でも考えるとゆりあはすごいと思うよ。ゆりあのための本（この本！）があるんだから。自分の本があるってやっぱすごくない？　喜んでくれたらママ、サイコーです。

ママの闘病記１　ママの手帳から

ママは1972年2月6日（ゆりあと同じ誕生日！）に佐賀県の唐津で生まれ育ちました。大学生になってお隣の福岡市に行って、お友だちもたくさんできて、遊びに、仕事に忙しい毎日をすごしました。

そしてパパと知りあって、2002年4月1日（エイプリルフール）にパパと結婚しました。

それから福岡県小郡市に住んでいます。

ママが病気になったのは2005年の秋。ゆりあができたのがその夏だったので、ちょうどゆりあがお腹の中にいたときでした。つわりが始まってムカムカしたり、体調が悪い日が続いたりしたけど、10月に入ると急に腰が痛くなって24時間ずっと針で刺されるように痛いし、夜も痛くて眠れないし、どの病院に行っても「妊婦さんだから」と検査も治療もしてくれないし、「産んでしまえば治るから」と言われるばかりで、痛み止めの薬もたくさん飲めないし、とにかくガマンで毎日辛かった。

それでもママはごんちゃん（犬）の散歩が好きで毎朝、毎晩、散歩に行っていました。ゆりあが生まれたら、赤ちゃんとワンちゃんとどうやって一緒に散歩しようか、なんて考えながら。ママ、車イスになっちゃったから、これは実現することはないね。本当に残念だなあ。

12月になると、痛みはガマンできないほど辛くなってそれに足がシビレだして、急におしっこが出づらくなって、そうしたら歩くのまで難しくなって、もう限界だと思って救急病院に行ったら、すぐ手術すると言われてびっくり!!　脊髄に腫瘍があるから取らないといけないとのこと。

さらに、ゆりあをお腹の中に入れたまま手術と言われて、本当に本当にびっくりした。手術は赤ちゃんも全身麻酔するから手術の後、赤ちゃんが目をさまさないこともありえると言われて、ママも、パパも本当に心配した。

ママの手術中、パパは不安のあまり病院にいることさえできなかったらしい。だから、手術の後、ゆりあが大丈夫だと分かったときは、本当にうれしかったです。

手術の後、ママはとても難※しいがんだということが分かった。5年生きられる可能性が40％とか言われた。

赤ちゃんがお腹の中にいる状態でがんの治療を受けるのは無理だったので、ママの治療を優先させるなら、ゆりあを早産させないといけなくて（このとき、ゆりあはちょうど中絶禁止の週まで大きくなっていました）、それは、ゆりあを普通の赤ちゃんとして産めない可能性が高いことだと分かった。

自分の命をとるか？　赤ちゃんをとるか？　難しかった。パパ、ばあば、尚子ちゃん、恵※ちゃん、みんなでたくさん話をしました。

そして、ママはパパに約束したの。

パパに健康な赤ちゃんをあげるってね。

ママ、パパに聞きました。「Do you really want this baby?」パパは泣きながら「Yes. ごめんね。I want both.（ゆりあもママも）」と言いました。パパが泣きくずれるのを見たのは、これが初めてでした。

ママの体は病気になっちゃったけど、不思議なことにその体の中でゆりあだけは何の問題もなく、健康に大きくなっていてくれたから、もったいないって感じたの。

ママが手術をしたのが２００５年12月18日。

クリスマスもずーっと病院だったし、それに年明けには別の病院に転院する予定だったのでちょっと無理して、早めに退院して年末年始はお家に帰ることにしました。

ママが退院したのが２００５年の12月30日。

ママはこのときは歩けたのよ。自分で歩いてお家に帰ったのよ。

どこの病院で、どの先生の手術を受けるか、病院選び、主治医選びは、本当に大切です。

ママは救急病院で正しい情報も知らないままに時間がないからと、バタバタと手術を受けたことを本当に後悔しています。

だって自分の体は一つしかないの。

そして最後に自分の体を守るのは、自分しかいないの。悲しいけれど誰も守ってくれないのよ。

久々のお家は楽しかった。体はキツかったけど帰ってこれたうれしさで気にならなかったのかな。ところが年が明けるとだんだん右足、腰の痛みがキツくなってきて、食事を楽しむのも動くのも辛くなってきた。

1月2日には右足の動きが悪くなって、不安になって病院に電話したけど先生はいないし、足はどんどん動かなくなるし、痛いし、どうしていいかママ分からなかった。

1月5日、病院に行ったときは、右足はほとんど動かなくなってしまって、MRIをとったらまた同じ所に同じ大きさほどの腫瘍が再発していた。手術で取ったばかりなのに！　ほんの2週間ほどで元に戻ってしまうなんて信じられなかった。ママの体はどうなっちゃうんだろうと思った。そしてまたゆりあをお腹に入れたままで手術をすると言われてびっくりした。

そして1月6日、病院で手術を受けることになりました。

手術後、ママの右足は麻痺してしまいました。手術前は麻痺は改善すると言われていたのに！　でも先生たちが難しい手術に100％尽くしてくださったのは間違いないと思います。だけど麻痺した体をひきずってその後も生きていくのは患者です。

そこまでする必要が本当にあったのか？　私はこんな体にならないといけなかった

のか？　と考えてしまいます。

患者の余命とその生活の質（ＱＯＬ）を考えて、病気とどこで折り合いをつけるかがとても重要になります。だからこそ、それを決めるのは患者側であってほしいとママは願っています。

状況は緊急であっても、できるだけ情報を集めて、手術にはとことんこだわってください。ママのような神経系の病気ならなおさらです。


手術からゆりあを産むまでの１カ月間は、これまでで一番辛い、苦しい１カ月でした。ママを苦しめたのはまず痛み（この痛みは現在もずっと続いていますが……）、そしていつまた再発するかもしれないという恐怖でした。そういうストレスからか、このときママは切迫早産しかけていました。

ゆりあに生まれながらの障害がないように、健康に産むためには、できるだけ長くゆりあをママのお腹の中に入れておくことが必要でした。

でもその間はママは病気の治療ができません。ゆりあも心配、ママの体も心配で毎日板ばさみで苦しかったけど、何とかがんばって週数もちょうどよかったので、ママの誕生日、2月6日に帝王切開でゆりあを産みました。

ゆりあを産んでからママは放射線治療を受けました。

ゆりあのために毎日おっぱいをしぼり、また車イスで育児できるようにとリハビリもがんばりました。そして3月のMRI検査後、ショックなことが判明しました。その検査は再発の有無を調べるものでしたが、見つかったのは腫瘍ではなく手術の際に使う止血剤※で、1月の手術で脊髄の中に忘れてきてしまったとのことでした。

希望すれば取り除く手術を病院負担ですると、また手術で痛みは治まるかもしれないが麻痺は変わらないだろうとのことでした。すごくショックだったけれどママにはこれ以上の手術は耐えられなかったので手術は受けないことにしました。

それから1カ月ほどリハビリに励む日が続いていた4月、お腹や胸にしびれや痛みが出たかと思うと、急に足に力が入らなくなってしまいました。

あわててMRIを撮りに行くと、今度は脊髄の上のほうに（胸の高さあたり）今までとは全然別の所に新しく大きな腫瘍ができていました。ゆりあと一緒にもうすぐお家に帰れることをママは本当に楽しみにしていたのでこのときは目の前がまっ暗になりました。ゆりあはママと同じ病院の新生児センターに入院していて、その後も順調に育ち、来月には退院できることになっていました。

4月24日、ママは3度目の手術を受けました。

放射線治療からほんの1カ月ほどでまた再発してしまったことにママは正直がく然としました。何度も手術を受けるのはもう無理だし、やはり抗がん剤治療をしなくてはだめだなと思いました。

そして6月、整形外科から脳外科に移って、抗がん剤治療を受けることにしました。

この抗がん剤治療は入退院をくり返しながら翌２００７年の１月まで続きました。

注釈
※難しいがん
脊髄の腫瘍が悪性と分かった後も症例がないということで、なかなか最終的な病理診断がつかなかった。「エピセリオイドサルコマ（骨髄悪性腫瘍）」と診断がついたのは07年6月ごろだった。

※恵ちゃん
ママの友だち

※止血剤
一センチぐらいのスポンジ状のもので、手術のときに使われる。

・12月17日（2005年）

病院に入院した。

きのうの夜中はキツかった。3時から6時ごろまでぐらいだろうか、うめいてもだえて。

もうやめたいと思った。

朝おきてレニに頼んで病院に行った。

今は「ひっぱり機」を腰につけてあおむけで寝たきり。下になるのでおしりが痛いけど、腰の痛みケイレンは無い。でもひざから下がしびれたようなだるい痛みがある。

今は3時半PM。外は雪。レニが来る7時まではまだ時間がある。クロコ（赤ちゃんのこと）はよく動く。

9時PM。MRIが12週以降の妊婦でもOKとのことでさっそく今晩とることに。で、とったらヘルニアじゃなくて腫瘍が脊髄にあるんでさっそく明日朝から手術とのこと。しかもクロコは腹にいるままで。全然予想だにしない展開で言葉がない。でも選択肢はないし、早いほうがいいみたいだし……。ただマヒが残るのだけはイヤだな。

ぜひとも避けたい。

クロコはこれを乗り切ったら大した女の子だ。

レニはよくしてくれる、ありがたい。

夜は説明とか、準備の検査、レントゲンとかで2時AM近くまでかかった。さすがに腰が痛みだしたので座薬を入れた。

4時AMごろから左足は温かく力が入るようになった。今はもうすぐ7時AM。寝てない。今日も。

・12月18日（オペ当日）

きのうは眠れず朝。8時ごろ、産婦人科の先生がエコーをとりに来た。クロコは元気。「乗り切ってほしいね」と言った。

その後、助産婦さんが心音のモニターをとる。まるで我が子のことのように「赤ちゃん元気よ！　がんばってね」と言ってくれた。麻酔科の先生が麻酔の話と手術、症状の全体的な話をしていく。痛みはとれると明るい話をしてくれた。

手術室へ移動するときに母とみちよおばちゃんが来てくれた。涙目。レニと手を握ってバタバタと手術室へ。中は学生さんとか看護師さんとかスタッフが大勢。準備台へ自分で移動して、酸素マスクをつけた。その後は覚えてない。足のしびれとのどの痛みで目を覚ますと、同じ台の上にいた。手術は終わったみたい。

のどの管は痛い。首はヒリヒリする。背中は痛い、とにかく痛い!!! とっさに足先を動かしてみた。動いた。台からベッドに移るときに力を入れて左モモがつってしまった。外に出てレニ、母、妹、ほかの姿が見えた。ＩＣＵに入って着がえを痛みのためにイヤとこばんで、痛い痛いと訴え続けた。

産婦人科の先生が来てエコー。赤ちゃんは元気だった！　心音モニターのときは助産師さんがずっと手を握ってくれた。痛いので寝ようとするけど、体拭きの痛みで目が覚めた。右足の温感は逆だし、上下、感覚はめちゃくちゃ。筋肉がギューッと縮む痛みに苦しむ。痛み止めを要求し続けた。眠り薬と注射でぐっすり眠る。目覚めたら朝かと思ったら、まだ夜の12時。がく然とする。

次の痛み止めまでしばらくガマンして強めの眠り薬と注射で眠る。

朝６時まで眠れた！！

久々眠れてうれしかった！

タンが出るのはキツかった。

・12月19日

朝、朝食が来た。水がのめる、牛乳が飲める、うれしかった。おかゆを完食！　オムツを換えてもらってしばらくすると、先生が手術の説明をしに来た。硬膜の中だったこと、癒着してたこと、腫瘍の性質（良性、悪性）を調べる検査に出していて結果が1週間後になること、うまく進んでも2、3カ月治療にかかることを聞いて、ショックを受ける。

一般の病棟へ移る。意外と早く戻ってこれた。ひざ下からのしびれが痛い。

午後母が来てくれた。痛みをこらえる。長い午後。3時すぎ頃から熱が出てきつくなる。母がお金の心配はいらないと話してくれる。有難くてうれしかった。母の言葉に甘えて個室へ移動。

6時頃、恵ちゃんが来てくれた。きのうも私がＩＣＵにいる時きてくれた。

責任を感じてるみたいで本当こっちが悪い気がした。しばらくしてレニが来る。レニが来るとやっぱり嬉しい。痛む足をマッサージしてもらったり、話をしたり甘えたり。朝、先生の話を聞いて落ち込んだけど、少し前向きになれた。レニが帰るとまた長い夜。熱で息苦しいし、足は痛いし、寝れなくて何度かナースコール。担当の看護師さんは本当によくしてくれて助けられた。足をストッキングにしたことも大きい。楽になった。でもカロナールも眠り薬もきかず痛み止めの注射してもらってやっと3時から7時まで眠れた。

・12月21日

右下で3時ごろまで寝て時間をすごして顔拭きして朝食。お腹すいてたのでたくさん食べた。体を拭いて着替えて膀胱のハレのことを看護師さんに聞いたら、膀胱感覚がもどってきているからと言われて、私よくなっている！　とすごく嬉しくなって泣いた。あとは腫瘍の結果が何ともなければいいのだけど。昼ごはんのとき看護師さんに不安を打ち明けて少し気が楽になった。また泣いた。3時頃は耳鼻科の先生が来て左のリンパを見た。心配なし。ハナもセキもでるからカゼをひいたんでしょう。

母にいろいろとボヤく。悪いことばかり考えてしまうことなど。でも今日の私はきのうよりずっとよくなっているらしく、母は少し安心した様子だった。

5時頃便意がきて、オムツで寝たまま挑戦。3コほど出て、2つは看護師さんに出してもらった。いきむと左腰が痛くてつりそうでうまくできないのだ。でも便が出るとほんとに気分が良くて、食欲も出て、夕食はよくたべた。

7時頃レニが来て、腫瘍が悪性だった場合どういうことが考えられるか、良性の場合は？　ということを話すと少し頭が整理されて落ち着いた。9時頃また便意がきて今度はけっこう出た。本当に気分がいい！！　何か自信がついた。今日は先生（看護師さんが話してくれてたみたい）が来て背中のチューブを明日外すこと、明日から膀胱訓練を始める話をした。

夜11時、クロコはよく動く。

・12月23日

腰の痛みはあるけど、きのうは眠れたので今日は楽です。自分でだいぶ寝返りがうてるようになったので、姿勢を移せる。

午前中、先生が来た。結果は明日にはでるようだ。いいイブにしたい！　便が出た。昼食はけっこう一口でたくさんたべてもキツくなくなった。１時半頃おしっこの管を抜いた。全然いたくなかった。入院関係の書類、手術の同意書にやっと目を通す。頭が整理されてよかった。恵ちゃんと母がきた。

便はたくさん3、4回でたけど、おしっこが出せない。あせるし落ち込んだ。

夕方お腹にじんましんがでた。

夜レニが来ると私切れた。パニクって怖くて怖くてたまらなくなって泣いた。レニは私が寝るまでいてくれた。そして1時半AM頃目がさめる、足のシビレで。ウトウトするけど……。おしっこだす試みをしてダメで管で出した。

・12月27日（リハビリ開始　がんの宣告）

7時半AM頃トイレに行く。Pは出た。導尿で残り１００くらい。きのうほど強い残尿感はなく、「でたな」って感じ。足と腰がずっと痛い。ベッドに戻ると少し楽になる。

10時半頃、リハビリの先生がきた。11時頃、泌尿器の先生がきた。赤ちゃんがいるから残尿感があるのは問題ないとのこと。11時半頃トイレでP。でた。その後リハビリで歩行3回。体重は53kgだった。

1時ごろ母がきた。3時ごろレニがきた。腫瘍は悪性だった。先生から話を聞いてまだ混乱している。レニは本当にたいへんだと思う。でも私は残された時間が長くない(5年生存!)。抗がん剤の治療が怖い。眠り薬のんだ。

・12月28日

右手親指にシビレ出る。朝7時トイレに行く。10時半頃産科へ。エコーとってもらう。赤ちゃんは元気みたい。その後内診。そして産科の先生から分娩時期とリスクについて話を聞く。24週はちょっとキビシイかも。26週までねばったほうがいいかな。私がもつなら。そこは大学の先生と話が必要だ。年内に転院の希望を出しておいた。

年明け転院。担当先生とのコンタクトしだいかな。2時からリハビリ2回目。歩き方のコツ、筋肉の力の入れ方のコツ、バランスがわかった。

腰痛くなかったのでやりやすかった。女の先生もよかった。楽しかった。3時半頃レニが来て、神戸のヴェラさんと電話で話した。

産婦人科の先生に聞いた話をレニに話す。レニにこの赤ちゃんが本当に欲しいかを確認したら、泣きながら「Yes。ごめんね、両方ほしい」と返事がきて私も泣いた。けどこの人に赤ちゃんを残してやろうと思った。5時頃先生が来て背中の抜糸をした。その後、レニが病理結果についての質問とカルテからMRIの撮影したりいろいろ先生に聞いた。明日、病理の先生と話す段取りをしてくれるよう話した。

レニはすごくいろいろ調べている。ロシアにいるラリサ（レニの妹）や友人に連絡をとって情報を集めている。たのもしく感じた。今日、先生と話せてよかった。母と電話で話した。母もいろいろ聞いてくれているみたいだ。泣いていたけど「がんばろう」と言ってくれた。

レニにエコーの写真を見せて「鼻が高い、あなた似よ」と言うとレニは泣いた。レニいっぱいいいっぱいみたい。ラリサがあいに来てくれるといいね。とてもリラックスできた夜だった。

・12月30日（退院です）

こま切れだったけど少しずつ寝れた。薬なしで。朝食たべてハミガキを1人で洗面所で。看護師さんたちと話していっぱい泣いた。リハビリの先生から遠慮はダメ、いい人になったら大きな病院で負けるよと言ってくれた。レニと母はベッド買いでたいへんだ。結局17時半ごろ迎えにきた。レニと先生のところにいってマッサージとかを習う。待ってくれていた。車で家に帰る。以前ほど車はつらくない。

普通のことがとても楽しい。家でごはん。顔がほころぶ。ケーキを食べて長話。夜中4時頃痛くておきたけどあとは眠れた。家でレニとごんといるのがうれしい。

・1月1日（2006年）

9時ごろおきて朝ごはん。右外ふくらはぎと右おしりとがずーと痛む。

11時頃レニをおこしてストレッチ、マッサージしてもらう。少し和らいだけど終わったらまた痛い。痛みがあると時間のたつのが長いし辛い。残された貴重な時間だから長いのはいいことなんだけど、苦しむのは辛い。何ができるのかな？　カロナール飲むかな。

2時頃母たち（妹夫婦と子）がおせち持って来た。ごはん食べたばっかりだったんで、おもちたべた。恵ちゃんが来ておせちとケーキを持ってきてくれた。ケーキを食べたらカロナールが切れて痛くなった。

夕方ごんの散歩に車イスで行く。ムリ。ふつうに何でもなく歩いてた道がすごく難しい。車イスのままとかになったらかなりキビシイ。落ち込む。

夜、足腰すごく痛む。とてもつらかった。

・1月4日

右下で寝て、急に動かなくなった右足がまだ動くかどうか心配しながら寝た。10時半ごろおきてトイレ。便意が立つと急にきてちょっと間に合わなかった。ショック！

11時頃産科の先生から電話。経過観察とのこと。いつが緊急かわからないので不安。また先生から電話。とにかく安静にすること。明日病院に行く件を聞く。トイレがしんどい。1人で立てないから移動がむずかしい。車イスでも。

・1月5日

10時すぎ頃おきて、トイレ。出ず。ごはんたべてトイレ。出づらいかも。産科で紹介状もらって、14時までそこで休む。車イスに座るとつらい。乗り降りがたいへん。横になっていればだいじょうぶ。

15時病院へ。先生いわく病理診断がまだ決まらないし、時間がかかるのでまず赤ちゃんを産みましょうとのこと。でもマヒが進んでいるので困った様子。レニに話があると出て行った。

5時PM産科に戻ってMRIとる。腫瘍が少し上に元の大きさぐらいになっていた。信じられない早さで再発。明日病院で再手術。今夜はPPCに泊まり。赤ちゃんの心音を聞く。元気！　左足ヒザに力入らない。立てなかった。

・１月６日

病院でオペ。

朝7時半頃おきて、トイレ行って導尿して座薬入れた。今から病院に行って5時から手術。終わって11時頃病室へ戻る。めちゃくちゃ痛い。足腰、そして強烈なお腹のハリ。ガチガチ。ハリ止め点滴すると動悸が激しくて苦しくなる。全然寝れない。もう止めたい。足はマヒした。腰も。

・１月７日

昼間ペンタジン注射してもらってウトウトゆっくり楽にすごす。夜は注射ができなくて死んだ。めちゃくちゃ苦しい。寝れない。

夜中、産科の先生が来てエコー。切迫早産のきざし。点滴が始まった。

8時トイレ導尿２５０cc

・1月11日

いやな夢のせいで目覚めが悪い。熱もなく脈も落ちついて動きもなれたし、体調はよいようなのに不安で気分よくない。左腰（おしり）にも少し痛みが始まったから。朝食後、体をだいぶ起こしてみた。あまりきつくない。日中は痛み止めを使ってない。体を動かして足を動かしてまぎれた。

先生に手術の話とつまさきのふみ込みが2週間内でできれば動く可能性があると聞く。「絶対赤ちゃんを助けるぞ、という意気込みで今回は手術したから」と言われて信頼できた。2週間くらい結果がでるまでは私には何もできることはないから、できること（足を動かすこと）をしようと思うと楽になれた。

夜、2週間後の25日整形、産科、周産期で今後の方針を話し合うと聞く。そしてCTを近いうちにとるとのこと。

赤ちゃんへの影響を考えて、帝王切開の手術まで数日のタイミングでCTをとることに納得いかないレニ。それに正直おどろいた私。

・私は婦人科の先生からと

・周産期の先生からの説明（今までの実績からみて、この週数までなら大丈夫とか、CTの影響など）

を聞かないとCTは返事ができないと思った。ここまですごく混乱してレニともギクシャクして大変だったけど恵ちゃんが帰ったあとには落ち着いた。おしっこの管が変で尿がでてなくて膀胱がはって痛くて苦しかった。管替えて1000ccもでた。後は座薬2回。2〜5時半まで右下で寝た。その後もうとうとし7時半まで寝た。

・**1月14日**

朝7時座薬を入れて1時間やすむ。体を起こして朝食、みじたくを1時間ぐらいして寝る。体ふきの後12時半くらいまで寝る。よく寝た。

お腹のエコー。昨晩は心配だったけど赤ちゃんも子宮口もだいじょうぶ。安心した。

3時PM頃、便が出た。少し自分で、残りは出してもらった。足を動かしてもらうと気持ちいい。自信もでる。キツイけど。

夜はとってもよい感じの産科の先生が詳しく説明してくれながらエコーをとってく

れた。すごく安心できた。夜、注射うってもらうが1時間ほどで目を覚ます。体位かえながらこまぎれに眠った。

・1月20日

熱高くて苦しんだ

・1月22日

熱下がる　ダルイ　ムカツイてあまり飯がたべれん
体を90度起こした

・1月23日

腹部エコー

肝、たん、すい、ひ、じん、卵　がんは見えず、異常なし

回診。夜、先生と27週（1月30日（月））に赤ちゃんを出す話をする。ちと早いかな。もうちとがんばるかな。わからん。病理も不明だし、迷う。夜は歩く夢を見てよかった。映画「フライトプラン」見て強いママに感銘受ける。

・1月25日

赤ちゃんを出すなら　1月30日　2月1日　2月2日　2月6日

・1月27日

お腹のMRIとる。じん臓のハレ以外はとくにがんもみられなかった。ちょっとほっとした。ずっとレニのことを考える、レニを信じる。楽に考えるようにした。赤ちゃんは28週、私のたんじょう日2月6日でだす目標に決めた。もうちょっと先は長いのでゆったりがんばろう。

・2月2日

また車イスにのった。前より上手になったと思う。30分ぐらい。

昼、座薬入れた。

髪洗った。きもちいい。

12月レニ払い　¥377、800　¥88、585
夜、レニとお金の話をしてやりあう。その後痛みひどくてどうでもよくなって投げやりになる。悪い。

・2月3日

産科へお引越し。

・2月6日

帝王切開　Ｂａｂｙ！誕生　1200gぐらい

・2月7日・2月8日

赤ちゃん見る　便でた　足洗う　夜お腹痛くなる

・2月9日

赤ちゃん見た　髪洗う　便多２回

・2月10日

便大量　ＣＴ　ＭＲＩ
食べるとお腹いたい　乳とった　初乳とった！！

・2月11日

恵ちゃんきた　レニと柚莉亜みる

・2月12日

お腹糸全部とれた

ママの闘病記2

ゆりあを生んだ後、ママは放射線と抗がん剤治療を受けました。その間に2度目の再発でまた手術を受けたり遠回りもしましたが、入退院をくり返しながらも家では育児に励んで、パパとゆりあと楽しい時間を過ごしました。でもそれもつかの間でした。2007年3月末、ママ3度目の再発。今回は脳と首にも転移があり、脳出血があったためすぐ入院することになりました。

・4月14日

今日4月14日は、ロシアからパパのお父さんが来たよ。おじいちゃんが来たよ。ゆりあは、意外と泣かないでじいじにだっこされとったね。

じいじはロシア語しか話さないから、パパとゆりあと、じいじが何を言っているのかママには全然分かんない。楽しんでくれればいいかな。少しはパパに余裕ができればママはいいかな。パパは本当に大変だったと思うから。

パパは、ママが病気になってからもいつも励ましてくれて、あまり悪くなるってことを考えないでいいことばっかり言ってくれたから、ママ助かってたんだけど、今回ばっかりはね、パパもヤバいなって思ったみたいで、いろいろパパと話すことも多かったし、ある程度覚悟したのもママには分かる。

それに聞いてみたら、パパにはきついのを話す人がいないみたいなのね。ママがいなくなっちゃったら話せないでしょ。

やっぱりお父さんとか、妹さんとか家族とかしか話す人がいないみたいなんだ、パパ。だから、パパのじいじが来てくれて、だいぶ楽になるんじゃないのかなーって思うのね、ママ。それがママはちょっとうれしい。そしたらパパも少し余裕が出て、ママといる時間が増えると思うから、それもママはうれしい。

今の体調は先週から比べると、だいぶよくなりました。少し動けるようになったし、ごはんを食べられるようになったし、時々、車椅子に移ることもできるようになったから。でも昨日一昨日くらいからかなあ。目の焦点が合いにくくなりました。

頭をまっすぐしてたら大丈夫なんだけど、ちょっと横向いたり下向いたり上向いたりすると、物がよく見えなくなってきました。だからごはん食べたりとか爪切ったりとか、ちょっときつくなってきました。それと放射線の治療が始まって10日くらいなんだけど、それのせいかなあ、口の中、口内炎がぼろぼろで痛いよう。口が腐っているって感じがする。いやだなあ。それにとうとう髪の毛がごっそり抜けてきました。

今、頭に放射線あてているから、おそらく後頭部だと思うけど、今日お風呂に入ったときに、ごっそり髪の毛が。あーあ、とうとうきたなあ、またきたなあって思いました。

せっかく伸びたのになあ、ちょっと残念だなあ。


ところでママは昨日、一昨日あたりからパソコンを見られるようになったよ。そんなにきつくなくなった。だからパソコンでメール見たり、オークションするようになったよ。今日はゆりあの洋服をネットで注文したよ。ユニクロのお洋服を注文したからね。パパはお洋服がなーいっていってたからさ。二、三日したらお家に届くと思うから。パパの好きな黄色いお洋服。黄色いTシャツとか、買っといたからね。

ゆりあ分かるかなあ、パパやじいじに着せてもらってね。

・4月15日

おはよ4月15日、日曜日、七時です。
今日は、ママは痛みがひどいのでもう少し寝ます。

ママです。今日はおでこのあたりが少し頭痛が出てきました。今までは後頭部のほうとか頭の後ろのほうが痛かったんだ。だけど、ちょっとおでこが痛くなってきた。腫瘍が広がってないといいんだけどなあ。来週はＭＲＩとるのかなあ。ちょっと心配です。

・4月16日

おはよう、今日は4月16日、月曜日の朝6時半です。
もうちょっと腰が痛いのでお薬を飲みました。ちょっとおやすみさせてください。

楽になったらまた何か書くかなあ、また何か。おしゃべりするかなあ、ちょっと待ってね。

・4月20日

今日は4月の20日、ママは、昨日たくさん寝れました。よかった。夜明けにたくさんおしっこをしてびっくりして起きました。

・4月23日

今日は4月の23日月曜日、朝7時です。

ゆりあおはよう。ママは、土曜日、日曜日お家に帰りました、やっと1カ月振りに帰ることができました。ほんとうにほんとうにうれしかったです。前の日に夜中にお熱を出したから、帰れなくなりそうだったけど、無理して帰りました。

お家にいるあいだは、パパはほんとうにほんとうに大変だったと思います。けど、でも、お家に帰ることができてよかったです。ゆりあと遊ぶことができたし、お家のよさ、病院のよさがほんとうに分かるようになりました。あと1週間、10日、放射線の治療があるけど、落ち着いて治療できればいいなと思います。

お家に帰ってゆりあがどんなふうにしているのかが分かったので、少し安心しました。

今はママがお家に帰っても、ママがゆりあにしてあげられることは、あまりありません。やはりママは病院で治療してもう少し元気になって、ゆりあのお世話ができるようになりたいと思います。

昨日の夜中は、夢を見ました。汗びっしょりになって起きました。びっくりしました。よく覚えていないんですけど、なにかとても難しい。なにかに追い掛けられて、汗びっしょりになったようなそんなへんな夢をみて、そしてほんとうに汗びっしょりになって起きました。ほんとうに変な感じでした。

今日の朝は、採血がありました。ママは熱を出したので炎症反応があがったので、今日はそれがどこまでいったのかの確認だと思います。

ママは泣いています。ほんとうに辛いです。今日はよく泣きました。今もまだ泣いています。何が辛いかって、今日は、先生が病気のことを話しました。ママの体はよくなりません。せっかくゆりあを産んで、せっかく完全に可愛い赤ちゃんを産んで、赤ちゃんにはお母さんが絶対絶対必要なんですけど、そばにいてほんとうに教えたいことがあるんですけど、いっぱい話したいことがあるんですけど……。

ママはあなたといっしょに生きることができないみたいです。どうして、あなたを残して死なないといけないのか。そんな！　ママは死にたくないです、死にたくないです。

でもママの体は悪くなってゆく一方みたいです。今は放射線という治療を受けています。放射線の治療は今週いっぱいまでは受けられます。その放射線の治療のおかげでママは少しよくなりました。でも今日ママの先生が来ました。

今日、ママの先生が来て、ママに言いました。この放射線の治療が終わるとママの症状は必ず悪くなる。どんどん悪くなってゆく。今の病気は脊髄と脳と全神経と全部いっしょに進んでいる状態と言いました。

ママは右足が動かなくなってしまいましたが、今は左足も動かなくなって、ほんとうにほんとうに悲しかったです。今はママの左足が動かなくなってきているのが、ほんとうに辛いです。おまけにママは、おてても少し動かなくなってきています。これもほんとうに悲しいです。ママのおてでが動かなくなってくると、ゆりあをだっこできなくなるのが、とても悲しいです。それがほんとうに怖い。

身体が動かなくなるのは本当に怖い。たった一つしかない自分の身体が動かなくなるっていうのは、ほんとうに普通の人には全然想像もつかないです。ほんとうにほんとうに辛いことです。

だからママは決めました。命よりも、まだ動く体のほうで、ゆりあといっしょに時間を過ごしたいと思います。ママやっぱりいろいろ考えたけどやっぱりこっちがいいと思う。もちろん病院の先生はいいとはいわないでしょう。

たとえママは命が短くなっても、ママはゆりあを抱っこできる状態でいたい。ママが全然しゃべれなかったり、ママが全然起きれなかったりしながら、ずーっとゆりあといっしょにいたって、意味がないもの。だからママは、病気が早く進んで、ママの命が短くなっても、ゆりあとできるだけおしゃべりしたい。ママがママとして普通にいられる状態で、ゆりあといっしょにいたいと思います。

正直に言うなら、誰か助けて。誰か助けて。誰か助けて。私を助けてください。死にたくない。助けて。自分が死ぬなんて、怖くて想像できないよ。自分が死ぬなんて、抗がん剤の治療とか苦しいよ。いっぱいいっぱい痛い、いっぱい痛い痛い思いをした。死ぬなんてどうなのか、想像つかない。怖いよ。

今日は、ママの大好きな知り合いがお見舞いにきてくれました。その人とはとても気があってね、お料理も上手でね、ママがお家に帰っているときにね、部屋の面倒もみてくれてね。ほんとうにいい人なのね。ママがお家に帰る前、退院する前に、ママずっと一年くらい抗がん剤の治療をしてとってもきつかったんだけど、その時にママにお守りをくれたことがあって。

そのお守りが、ママの家の近くにカエル寺ってあるのね。そこで買ったお守りなんだけど、その人はとても明るい人なんだけど、娘さんもね、1回死にかけたことがあってね。

その時にその人は、自分の全財産持ち込んで、「このお金いらないから、この子を助けてください」ってカエル寺の住職さんに頼んで、それで、住職さんが「そんなにお金いらないから」ってお祈りしてもらって、そのときに買ってもらったお守りがあるんだって。

幸いね、娘さん、命助かったんだって。それからその人のお友だちがね、病気になったりすると、カエル寺に行ってお守りを買ってあげると不思議と病気がよくなるんだって。ママも「テレニンさん元気になってね」と言って、お守りもらったことがあって、それがママすごくうれしかったの。

とても力になってうれしかったのね。そして、違うお守りをもってきてくれたの。それがね、小さなカエルの頭をあけるとね、お願いごとが書けるのね。ママはお願いごとを書きました。ママのお願いごとはね、私は生きたい、レニとゆりあと共に生きたい、ずっと。

お守りいつも枕元に置いておくから。お願い叶うといいね。

・5月16日（水）

5月16日水曜日。

昨日と今日でMRIという写真を撮って、前回の3週間程前の4月24日に撮った分から症状がどれくらい進んでいるのかというのを画像上で見ようということになって、その結果を先生が話すということでママは待っていたんだけど、なかなか先生話したがらないし、家族みんなの前で話しますって言うのね。これは悪い証拠。

それで実際、夕方にママとパパだけで写真を見せてもらったのね。先生たちの説明は金曜日に家族みんな集まったところでだって。だから、ママもはっきりと先生たちの説明を聞いたわけじゃないんだけど、でも4月23日に前撮った写真と比べると、また新しい腫瘍が腰の所にできてきてるのね。おっきな腫瘍が。ほんとにおっきな腫瘍が。たった3週間の間に。それに、前からあった2つの腫瘍もおっきくなってきてるし……。

ママショックだったぁ。どうなるんだろうって思った……。これから鹿児島の病院にいっても間に合うんだろうかなって思った。心配だなぁ。それに……、ショックだったのはさっき先生は頭の腫瘍は3分の1になってちっちゃくなったよってママに説明したんだけど、でも、放射線科の先生のレポートの中には増大してるって書いてあるのね。どっちを信じていいのかわからない。

確かに吐き気も治ったし、動けるようになったし、治ったんじゃないかなって自分でも思えるようになったから。最近耳鳴りがひどかったりしたけど、頭は少し治っているんだろうなって信じていたから……。複雑です。

とにかく金曜日に先生たちの説明を聞くことにします。でも、腰のほうの症状なんかは進んでいるので、明日から追加でまた放射線の治療を受けることにしました。どれくらい追加するかはまだ決めてないです。先生とお話ししてからになると思うけど。

追加で足のリハビリをしてだいぶ動くようになったらいいなぁ。足が動かなくなったら嫌だなぁ、本当に。本当にいやだなぁ。どれくらい注射して、どれくらい放射線を浴びないといけないのかな。いい方法がないのかなぁ。時間がなくて焦るばっかりです。

でもママ決めたのね。パパにはママが必要。それに、ゆりあにはママが絶対必要。だからママは気持ちでは病気に負けません。今、ママがいなくなったら2人とも本当に困っちゃうもん。いなくなれないもん。いなくなれない！

だから気持ちでは絶対に負けない。うん、絶対に負けない。何週間か前は、命が短くなっても動く体でゆりあと一緒にいたいと思ったけど、今は少々体が動かなくなっても、できるだけ、できるだけ、2人と一緒にいてやる！　そんな風に考えてます。

・5月17日（木）

ゆりあおはよう。今日は5月17日木曜日。今、朝の8時です。

今日はママは朝の7時半くらいまでゆっくりおねむりができました。睡眠薬飲めたからゆっくり眠ることできて、今は痛みもなくて楽です。今日から腰の放射線が追加で始まります。足が動かなくなるのは怖いですけど、でも病気がコレだけ進んでいるので仕方ありません。それに、ゆりあとパパにはママが必要なので頑張ります。

午後から放射線科の先生のところに行って、腰の放射線の追加を受けてきました。今回受けたのは腰の腰椎の３番から仙骨、Ｓ１番まで。１回３グレイで10回受ける予定です。10回受ければ５月30日の水曜に終了予定です。

急に腰が痛くなってきて症状が悪化したから、その原因は１年前に発症したところがまた酷くなって、そこが原因だと思っていたんだけど、先生曰く私の症状から見て、どうも今度は４月21日のＭＲＩに写っていた、下の方のＳ１っていうとこにあった腫瘍がグーンと上に伸びてきてできたもの。それのほうが原因じゃないかということで。まずはそっち側を徹底的に叩きましょうということになりました。

なので、１年前に受けたＴＨ10からＬ２ってところは、今回追加をしませんでした。その下の新しい部分Ｌ３〜Ｓ１ってところに放射線を当てることにしました。

ひとつ心残りなのは、Ｌ２っていうところ。ここはもう１年前から、それに今回も既に66グレイに上げていて、これからまだ追加すると本当に壊死する可能性がグーンと高くなっちゃうから、あるんだけども当てられないって状況がでてます、心配なんだけど。

でも、そういうこと言ってられない。その下のL3~S1の状況は、本当にどーんと大きくなっているし、症状も酷いからね。これが効いてくれるといいんだけど。しかも今回は1回3G、3グレイ。今までは2グレイだったけども、1回3グレイに上がったことで神経が壊死しちゃう率がちょっと上がります。というか約倍になります。今までは1回2グレイずつ放射線を当てていたので、合計で50グレイになったとき神経が壊死する可能性が、5年後に5%って言われていました。でも今回は1回3グレイずつ当てていくので、合計で50グレイの放射線を当てたとき、5年後に神経が壊死してしまう可能性が10%って言われました。

明日も治療があるし、はやく治療が効いてきてくれないかなぁ。ママ頑張るね。

・5月18日（金）

今日は5月18日金曜日。ゆりあおはよう。

今日はママは本当に忙しいです。焦っています。ママの症状は本当進んでいるので、今までよく動いていた左足、急に鈍くなってきました。急に動きが悪くなってきました。だから何か新しい治療法で、ママがよくなる何か新しい治療法が何かないかなぁ、どっかいい病院がないかなぁっていうのを早く探したくなってきました。

だから、昨日ママの大事な友だちりさちゃんがいろいろ病院を調べてくれて、いろいろお電話かけてくれて、そしていい病院をもっといろいろ探してくれてとても嬉しかったです。それでママは名古屋の病院とか岐阜の病院とか、新しい治療を受けられる病院、ノバリスっていう治療機械の名前なんだけどね。その新しい放射線の技術が受けられる病院を今電話をかけてあたっているところでした。

資料をメールするっていうのは難しいね、写真を撮ったりするのが。ばあばにいっぱい手伝ってもらったけど、本当になかなか難しかったぁ。でもばあば頑張ってくれたよ。ママの思い通りにばあばができんかったけん、ばあばにはママちょっと嫌味言っちゃったこともあったかもしれん。悪かったなぁ。ごめんねばあば。

パパが手伝ってくれると一番いいんだけど、パパは今パニックになってちょっと壊れちゃっているからね。だからパパは今日東京に行ってるんだよ。東京でパパの大事な友だちのディマさんに会えるんだって。これでパパもディマさんとお話してすこしストレスが和らいでくれるといいんだけどな。もとのパパに戻ってくれるといいんだけどなぁ。

ママいろんなことやらないといけないんだ。次に行く病院の準備、どんな治療法があるかの情報収集、実際にアポイントをとること、それにもちろんゆりあの本を書いていくこと。これを頑張ってずーっと一緒にやりたいんだけど、やっぱり体調が悪かったり、放射線の治療に行ったり、リハビリがあったり。やっぱり体調が悪い、痛みが大きい、コントロールが難しい……っていうなかでやっていくのが難しいね。ほんのちょっとしたことでもすごく時間が掛かったりして。

昨日なんかママご飯食べる時間が殆どなかったんだけど。なかなか、なかなか予定通りできなくてママ凄く焦ってた。ばあばは「焦ったって一緒だから一個一個やっていこうよ」って言ってくれるんだけど、ママは「命が懸かってる」って思うとなかなかそんなにゆっくりできなくてねぇ……。はぁ、困ったなぁ……。時間が欲しい、時間が。ゆりあにも会いたい、会いたいよぉ。

今週末パパに「お家に帰っていい?」って言ったんだけど、それはやっぱりパパには重すぎたみたい。はぁあ。パパにはもっと時間が必要だからね、必要みたいだね。だから、パパには「先生たちにはまだ帰っちゃダメって言われたから今週は病院でお留守番します」って言ったけどね。でも来週はママ帰ってくるよ。ゆりあといっぱい遊ぼうね、来週はいっぱい遊ぼうね。

・5月22日（火）

おはよう、ゆりあ。今日は5月22日火曜日、朝9時です。

19日の土曜、日曜と月曜日の昨日はとっても忙しかったです。ママの体もきつかったし、とても忙しかったね。ゆりあには日曜日に会えたね。楽しかった！　たくさん遊んだね、イチゴ、絵本いっぱい読んで遊んだね。楽しかった。

それにママ嬉しかったのが、昨日パパとたくさんおしゃべりできたの。パパがおもしろいことをたくさん言って、本当にママが病気する前みたいに普通にたくさんおしゃべりしてたくさん笑って。楽しかった！　パパがママの病気の話も少しずつ聞いてくれるようになったし。だいぶパパとお話できるようになって嬉しいな。

やっぱりママはパパとゆりあと一緒にいるのが幸せ、本当に楽しい。だからできるだけ2人と一緒にいられるようにママも治療頑張るからね。

そのために今月末、ここの病院の治療がひと段落したら別の新しい治療を早く受けられるように準備頑張るね。たぶん鹿児島の病院か名古屋の病院に行くことになると思うけど、それと熊本もか。熊本の病院にも行くことになると思うけど。

その間パパとゆりあに会えなくなるのが寂しいな。ここの病院からは3週間時間をもらえる。その間に他の病院に行ったり、その間にお家にずっと帰ってたりしていいって言われた。そしてまたこの病院に戻ってくることになると思うけどね。3週間……、3週間有意義に使いたいね。なるべくゆりあとパパと一緒にいれるようにしたい。3週間本当に楽しみです。じゃあ、またお話するね。

•5月24日（木）

ゆりあおはよう。今日は5月24日木曜日です。

昨日はゆりあとたくさん遊びました！　楽しかったですね！

ゆりあの爪切って、ゆりあがわぁんわぁんって泣いて。はみがきで遊んで。ほんと楽しかったね。新しいお洋服もばあばが買ってくれたしね。また可愛いお洋服着ようね。

昨日はママはとっても具合が悪かったです、本当に。本当に体が痛かった。でもママ頑張るからね。そしてママ、今週末の土曜日、日曜日にお家に帰ってくるからね。楽しみにね、待っていてね。またおしゃべりしましょ。

・5月25日（金）

おはよう、ゆりあ。今日は5月25日金曜日。週末ですね。

今日は雨が降っているみたいね。ママは昨日よく眠れて、うん、今日は楽ですよ、久しぶり一昨日は本当にきつかったけど。昨日はでも忙しかった、いろいろお客さんが来たよ。親戚のおばちゃん、白井さん。うん、楽しかった。……うん、楽しかった。ゆりあがいたらもっと楽しかっただろうな。

でもママやらないといけないことたくさんあったから昨日もいろいろやりました。

そして、早くお家に帰りたいなって思いました。ゆりあといっぱい遊びたいなって思いました。明日、土曜日はお家に帰ってくるからね。その準備をまた今日も頑張ってするね。で、いっぱい遊ぼうね、いっぱい。ゆりあといっぱい。

ゆりあがいっぱい日焼けして真っ黒になっているのがママは本当に心配です。色の白いきれいな赤ちゃんだったのに、ガングロ赤ちゃんになっているのが心配です。ふぅ。パパは……、パパも早くもとのパパに戻ってくれるといいね。だいぶいいんだけどね。自分のことで一生懸命だもんね。ママが頑張ればパパも少し振り向いてくれるかなぁ。ねっ、寂しいよね。寂しくないかな？　ふふ。じゃあまたね、バイバイッ。

・5月26日（土）

おはようゆりあ。今日は5月26日土曜日です。

ちょっと……今、ママ……まだ催眠薬で、眠り薬でほやほやってしているけど、今日はママお家に帰ってきますよ！　たくさん遊ぼうね、またね。

病院でばあばに久しぶりにお風呂に入れてもらいました。それからママ、お家に帰ってきました。ゆりあとたくさん遊んだね。

でもママは今日は、ゆりあがお散歩に行っている間にお家の片づけをずーっとずーっとしてたから、ママとっても疲れてしまいました。本当に疲れちゃった……。本当に体がきつかったぁ、今日は。でもよかったのはやっぱりゆりあとたくさん遊べたことと、ゆりあが元気そうだったのが本当によかった。

美味しい料理もヘルパーさんに作ってもらったし、お部屋もきれいになったし。ママうれしいです。やっとお家に帰ってきたなって気分になりました。

ママが不安なのはパパとの関係です。パパはじいじが来たころくらいからちょっと壊れちゃったというか、ちょっと変わってきました。だいぶいろんな詳しいこと、ママのことを話せるようになったんだけど、やっぱりママから少し離れて行っちゃうのね。

昨日なんかはママは本当に体がきつかったし、パパに助けてもらいたかったし、パパしか助ける人、頼る人はいなかったんだけど、なんかパパに投げやりな態度されたり、介護疲れの態度だね、うん。大変なのはママもよく分かるんだけどさ。なんか投げやりな態度されたり冷たくされたりすると、なんかもう私って、ママってお役御免なのかなって、この人にとって必要ないのかなって、面倒くさい存在なのかなって、もう愛されてないのかなって、……思っちゃう。

パパだけなのね。今までどんなにどんなことがあってもママが治るって信じて疑わなかった人。パパ1人だけなの。ママが病気になって、何の病気かも何にも分からなくて、先生たちもどうしていいか分からなくて。そんな時もママも不安だったし、でもいつもパパが「大丈夫、大丈夫」っていい方いい方に励ましてくれたのね。

3月にママが再発するまでお家にいた間、それに抗がん剤の治療をずっと続けてた間、ママ何回もくじけそうになった。それに何回も怖かった。いつ再発するんだろうか、いつ再発するんだろうか、ママの命っていつまでなんだろうかって、凄く怖かった。

それにママ歩けなくなっちゃったでしょ？　だから、本当にそれでくじけちゃって、いろんなことができなくなっちゃって、凄く惨めで、パパに何度も当たったことがある。パパに何度も当たってもパパはいつも受け止めてくれて、「足も治る、リハビリ一生懸命して治る、ねっ！　もとの生活にもどろうね」っていつも励ましてくれてたのはパパだから。

ばあばや尚子ちゃんはよく分かってなかったところもあったと思う、正直。ママとパパにも、ママとパパ……うぅん、上手く説明できないけどとにかく最後まで諦めなかったというか、信じていた、ママが治るって信じてくれていたのはパパだけだったのね。

そのパパが、3月にママが再発しちゃったじゃない？　先生たちが言うように、もうターミナルステージってところにまで来ちゃったわけじゃない？　それでパパもだいぶ考えたと思うんだ。パパの中でママがいなくなっちゃうってことを考えざるを得なくなったと思うんだ。

で、パパはもうロシアの国籍捨てちゃったからロシア帰れないでしょ、日本人でしょ。もちろんパパは日本に住みたいみたいだし、ゆりあもいるでしょ。仕事もあるでしょ、パパ抱えないといけないものがたくさんある。それに今のママ。手がかかるママ、病気のママ、本当にパパいっぱいいっぱいというのがよーく分かるんだ。パンクしちゃって壊れちゃったというのがよーく分かるんだ。

だから、パパにも時間が必要なんだと思うんだな。早くもとのパパが戻ってきてくれて、パパとママとゆりあとでママの残された時間を楽しく過ごしたいと思う。それに、残された時間をなるべく長く延ばしたいなって思う。ママ死ぬ気しないんだよ、まだ全然。死ぬ気しないの。

・5月28日（月）

今日は5月28日月曜日です。もう12時になります、お昼です。

昨日の夜はお家から帰ってきて、やっぱり疲れたのかな……。夜痛みがすこーし治まってきたあとはお薬を飲んだのでずーっとゆっくり寝てしまいました。今もまだなんか眠気が残って頭が少しボーっとしています。

今日はもう放射線の治療も終わって今からママのやらないといけないことをやろうとしているところです。昨日、冬物と夏物を入れ替えしているときにゆりあが誤ってゴミを口の中に入れてしまって、むせて苦しそうになったときはびっくりしました。ママ自分のすることで一生懸命だったし、じいじも隣にいたからすっかり安心していたの。ごめんね、ゆりあ。それでママ大きな声出してパパ呼んで、「口の中のものを取って」って頼んで、治ったからよかったけど。悔しかった、こんな体じゃなかったらスっと対処できるのに、はじめから危ないものだって近づけとかないように気をつけることだってできるのに。それをしきらんかったのが凄く悔しかった。

でも、でも、できる範囲でね、お母さんらしいこと、お母さんとしてやることをゆりあにはしてやりたいな。早くお母さんらしいことをゆりあにしたいなぁ。

・5月30日（水）退院

今日で放射線治療が終わります。3月末にママが入院したときからなので今回は長い治療でした。

1月に7カ月に渡った長い抗がん剤治療を終えたばかりで、これからやっと少しずつ普通の生活を取り戻していけるのかなぁと思っていた矢先の再発・入院だったので、入院することになったときはママはとても落ち込みました。ゆりあとパパから離れて病院にいる時間はつらかったです。

でもそれも今日でひとまず終わり。治療が終わったらしばらくお家に帰れます（3週間後にはまた戻ってこないといけませんが……）。

なので、済んだらすぐ帰ってくるからね。待っててね。

入院でママは体がだいぶ弱くなっちゃったし、足も前みたいには動かないので、ゆりあを抱っこしたり、おむつを替えたり、ご飯を食べさせたり、前みたいにはできないかもしれないけど、ばあばやじいじに助けてもらいながら少しずつでもお母さんできるようにがんばっていくからね。

そして、1日でも長くゆりあとパパといっしょにいられるように、また、ママのがんが暴れないように、ゆっくりゆっくり進むように、ママは心から祈っています。

あとがき

「ゆりちかへ」は２００６年の夏、抗がん剤治療の合間に少しずつノートに書き始めたのが始まりでした。そのころは、10日ほど入院して抗がん剤治療を受けて、20日ほど家に帰るという生活をしていました。家に帰ると6カ月の珠のようなゆりあがいて、本当に可愛いくて、ずーっとこの子と一緒にいたいと思いました。

でもこんなあたり前のことが私には無理なのかもと思うと、くやしくて、はがゆくて、理不尽で、いてもたってもいられなくなって書き始めたのだと思います。今回たくさんご協力いただいて本というかたちにできましたが、私にはまだ娘に言いたいことがたくさんあるので、またノートに書き続けていきたいと思います。

「ママの闘病記１」は２００５年12月、私が発病してから２００６年2月ゆりあを産んで、6月に抗がん剤治療をするまでを振り返って書いたものと、その当時の出来事を日記がわりに書き残していた小さなメモ帳の記述を載せました。メモはあまり手を加えずそのまま載せました。

「ママの闘病記2」は2007年3月に再発して入院したときにテープに吹き込んだメッセージを載せました。このころは体が悪くて書くことができなかったのでテープに録音して残していました。話し言葉になっているのはそのためです。

闘病記を載せたのは、健康ということや自分や家族が病気になったときのこと、そして病院、医者との関係を考えるとき私の経験がきっと誰かの役に立つかもと思ったからです。

本を作るにあたってお世話になった方々に、お礼を申しあげます。

西日本新聞社の山下宣之さん、書肆侃侃房の池田雪さん、私が本を作りたいと言ったとき初めに相談にのってくださって、本の方向性を導いてくれました。ありがとうございます。山下さんと出会えて本当によかったと思います。書肆侃侃房の田島安江さんには本当に感謝しています。発行にあたって大きなプレゼントを持ってきてくださいました。大好きなリリー・フランキーさんからのすてきなコメントをいただけたのですから。志あるところに道は成る！ですね。

西日本新聞社の福間慎一さん、ゆりあや私の写真をありがとうございました。本でも使わせてもらいました。

お母さん、いつも私の手足になってくれて、助けてくれてありがとう。お母さんといる時間を通して母と娘の関係を私とゆりあのこととしても考える毎日です。これからもできるだけ長く生きたいと思ってますので、今後もよろしくお願いします。ごんちゃんのこともありがとう。

尚子、お姉ちゃんが病気になってからいろいろ押しつけてごめんね。普通に接してくれるのが、実はお姉ちゃんは嬉しかったりします。

そしてリョーニャ。私はあなたと過ごす時間がもっとほしいです。

ゆりあ、あなたはママが生きる目的です。

2007年8月

テレニン晃子

追記

皆様からたくさんのお便りをいただきありがとうございます。
一人ひとりにご返事できませんので、ここに改めてお礼申し上げます。
この本をお読みになって、よろしければぜひ柚莉亜にお手紙を送っていただけると
うれしいです。

2007年8月

テレニン晃子

晃子とレオニド　出会いと別れ

晃子の生い立ち

テレニン晃子（享年36歳）は、佐賀県唐津市生まれ。9歳まではひとりっ子でした。両親の離婚によって、しばらくは母ひとりの手で育てられ、母親によると、

「本さえ与えておけばおとなしく遊ぶ、手のかからない子でした。カラダも丈夫で、病気ひとつすることもなく、何ひとつ心配したことがありません」

やがて母親が再婚しましたが、新しい父親にも可愛がられ、年の離れた妹・尚子との4人家族、何不自由ない日々を送っていました。何度か引っ越しもしましたが、家族が家を建てて移り住んだいまの実家は、佐賀県唐津市、美しい海岸線の続く虹の松原のすぐ近くにあります。

その松原と、JR筑肥線の線路をはさんですぐ隣の静かな住宅街です。福岡の西南学院大学時代、晃子はしばらく、この電車で大学まで通っていました。毎日、松原を抜けて海岸線をゆくこの電車が、いつかは自分を未知の世界へ連れていってくれる気がしてなりませんでした。

やがて、晃子は、バイト代を貯めて大学近くのアパートに引っ越し、ひとり暮らしを始めます。何かを決めると、その目的に向かって進む、まっすぐな性格でした。自立心が強く、親にも他の人にも頼らないという、一途な性格でもありました。

国際文化学科で学んだ晃子はバイト代でパソコンを買い、インターネットを始めます。パソコンもカメラも目的のために必要。そのどれもが世界につながっていると考えたのです。卒業後、晃子は、インターネット関連の仕事に就きます。いつか、海外に旅をしたり、できれば海外で暮らしたい。漠然とそんな夢を描いていました。

それには英語が必要と、毎日、ラジオの英会話番組を聴くことを欠かしませんでした。その後、友人にもそのことが伝わり「まじめな人。辛抱づよくコツコツと努力する人」という共通認識が生まれるほどでした。

その英会話の勉強のおかげで晃子は、海外でいっしょに暮らしたいという同じ夢を持つテレニン・レオニドというすばらしいパートナーに巡り会い、結婚することになったのです。

レオニドの生い立ち

テレニン・レオニドは、1967年11月生まれのロシア人です。Rostov-on-Don（ロストフ・オン・ドン）という町で生まれ育ち、モスクワの大学に進学します。その後1年間兵役に従事して、再度RSU大学に進学します。

1991年4月に学業を終えると、IT関連の会社に就職します。プログラマーの資格のほかに、空軍ヘリコプター操縦免許、パラグライダーパイロット免許なども持っていて、ロシアではエリートでした。ソフトウェア、ネットワーク開発などが主な仕事で、いわば、優秀なシステムエンジニアだったのです。

そして1996年、29歳のときにレオニドは新天地を求めて日本に渡ります。日本にやってきた当初は東京に滞在しましたが、どちらかというと、静かな環境のほうが好きな彼は、東京があまり好きになれなかったようです。

友人の紹介で転職。福岡県小郡市の、ソフトウェア開発会社に就職することになりました。日本に来たころ、彼が漠然と描いていた夢は、いつか、アメリカに渡り、もっと仕事のスキルを上げたいということでした。

小郡市は福岡市の南に位置する静かな田園都市。ここがレオニドにとって、のちに最も大事な場所のひとつとなったのです。この小郡市の会社には、結局11年勤務することになりました。その間に晃子と出会い、結婚。２００４年11月に帰化、以来、日本国籍のみとなります。


「わたしは20年の経験を持つ、技能の高いプロのプログラマーとして、リアルタイム画像・音声処理系の分野で多くのプロジェクトをこなしてきました。

プログラムだけでなくハードウェア、エレクトロニクス、ネットワークの知識も深く、総括的に仕事を進めることができる点が強みでもあります。また、プロジェクト構築から設計、遂行、統合、運用までどの段階でも参加できますし、全体を通して、業務を行うことも可能です。

とくに、静かで禁煙のオフィスでよく働きます！」

レオニドは、転職の際の自身の履歴書にそう記しています。これは晃子に書いてもらったもの。レオニドは、日本語の話し言葉はかなり理解できますが、読み書きはほとんどできません。そのため、晃子の手助けがどうしても必要でした。日本語の履歴書も役所に出す書類もすべて、晃子の手を煩わせることになります。

二人の出会い

そんなふたりが実際に出会うまでには、少し歳月が必要でした。ｅメールのやりとりに何カ月も費やしたのです。

高校時代にバンドを始めたりして、音楽を通じて、海外のことにも興味を持っていた晃子は、独学で英会話を勉強。とくに朝のＮＨＫラジオの英会話の番組を熱心に聴き、はやく、話せる相手がほしいと考えていました。

それでも慎重派の晃子は、外国人の恋人を持ちたいと考えたわけではありません。まず思いついたのが、英語を話せる外国人の友人を持つこと。それも、できれば第一外国語が英語ではない人がいい。

晃子はそのころ、福岡市中央区天神にあるＩＴ企業に勤めていました。すぐ近くのビルに、国際交流センターがあり、そこに掲示板があることを知った晃子は、昼休みにランチを食べたあと、寄ってみました。

そこの掲示板にはたくさんのメモが貼り付けてあり、晃子も思い切って「英語を話す友だち募集」の貼り紙を残しました。電話番号やeメールアドレスまで書いておくと、なにかとトラブルが起こる可能性があるということで、本当に連絡を取りたい人がいたら、係の人に連絡先を聞くというシステムになっています。

こうして、晃子はレオニドのeメールアドレスを知り、意を決してeメールを送ってみました。それはもう本当に、わくわくどきどきする出来事でした。こうして、ふたりの間で、しばらくはeメールを送りあう日々が続くのです。

「おはよう、元気？」

「いまから仕事なの。今日は残業で遅くなりそう」

「そうなんだ。がんばってるね。いってらっしゃい」

「おかえり。仕事どうだった」

「うーん、最悪。なんだかなにもかもうまくいかなくって」

「今日は仕事たいへんだったけど、お昼においしいものを食べて、元気がでたわ」

といったような他愛ないおしゃべりをeメールで交わしていました。

そのころの晃子の仕事はホームページのサイト更新。なかでも、とくに好きだったのが、おいしいランチの店の紹介。自分で見つけた店に行き、ランチを食べて、感想を書き、写真も載せるという仕事は、晃子のパソコン技術を向上させると同時に人と接する楽しさも教えてくれました。


ふたりはしばらくの間、写真の交換もしませんでした。なんとなく、写真の交換をして相手が気に入らなかったら、それで終わってしまうような気がして。それではさびしい。もう少し、相手のことを知ってから、と思っていたのです。ふたりとも性格も物事の捉え方も似ていたのでしょう。

もうひとつ、ふたりは「やがては海外、できればアメリカで暮らしたい」という共通した夢を持っていました。それは、eメールの交換をしていて、わかったことです。

晃子とレオニドの子ども時代

　ふたりの子ども時代にも共通したことがたくさんありました。ひとりっ子だった晃子は、ずっと手のかからないおとなしい子でした。本を読むのが大好きで、いつまでもひとりで遊んでいます。夫婦共稼ぎだったこともあり、両親ともに忙しく、子どもにかまっている暇はなかったのです。

　そんな母の事情もわかるのか、ぐずぐずとダダをこねたり、てこずらせたりすることはありませんでした。おとなしく本を読んでいてくれる晃子を、母は「いい子で助かったわ」と、思っていました。

　そんな晃子でしたが、あとでレオニドの話を聞いて思わず笑ってしまいました。ふたりの性格はとてもよく似ていたのです。

　レオニドもまた、大人から見るとちょっと変わった子で、ひとり遊びが好きでした。学校でも友達とつるんで遊ぶこともなかったし、家族と一緒に騒ぐこともありません。夕食が終わると、さっさと自室に引き上げ、ひとりこもって遊ぶ少年だったのです。

初デート

こうして、eメールでのおしゃべりをするうちに、なにがきっかけだったのか、ふたりはすっかり忘れてしまいましたが、一度、思い切って会ってみようということになりました。

ふたりは、わかりやすいところでと、福岡市天神にある西鉄電車の西鉄福岡駅で待ち合わせをすることにしました。相手は外国人だし、どうせ会えばすぐにお互いがわかるわ、と晃子は簡単に考えていました。会うことになったというのにまだ、ふたりは写真の交換をしていなかったのです。

待ち合わせの時間は12時ちょうど。ふたりでランチでも、というつもりでした。

ところが、12時を10分過ぎても20分過ぎても、それらしい人は現れません。天神は繁華街で、電車の乗降客も多いし、外国人も多くて、晃子はどきどきしながらあたりを見回していました。

「あ、あの人かしら」

「うーん、違う。もしかしたらあの人かもしれない」

福岡に住む外国人は意外に多いということをすっかり忘れていました。すぐにわかると思ったのは大間違い。このときになってはじめて、お互いに顔も知らない相手と、こんな人の多いところで待ち合わせをする無謀に気付いたのです。

「どうしよう」

ちょっと目を留めた外国人も、晃子の方をちらりとも見ないで通り過ぎていってしまいます。

そうやって1時間も過ぎたころ……。

「そういえば、あの人もなんだか誰かと待ち合わせしているみたい。ずっと待っているみたいだけど」

ふと、晃子はある外国人に目がいきました。

「でも、あの人じゃないわ。だって、あんなダサい格好してるわけないもの」と即座に否定。晃子にとって、外国人＝カッコイイ人だったからです。

そうしているうちに、どんどん時間が過ぎていきます。さすがの晃子もあきらめムードになってしまいます。

「結局わたし、振られたんだわ」

しょんぼりしながら、帰ろうと思ってまた向こうを見ると、あの外国人も晃子の方をチラチラと見ています。

「え、もしかして？」

まあだめでも、ちょっと声を掛けてみよう。確かに格好はダサいけど、顔はそんなに悪くないし……。

「あの、もしかして、レオニドさん？」

「そうだよ。キミが晃子？」


こうして、ふたりはやっと会えたのです。このときのことは、その後もふたりの間の笑い話になりました。

レオニドのほうも、

「まさか人待ち顔のその女性が晃子だとは思わなかったよ。もっと違う人を想像していたよ」

「え、それって、わたしがブスだってこと？」

「なんだよ。ブスって」

「こういうときだけは、日本語がわからないふりをするのね」

しかし、晃子は最初のデートで気持ちがふさいでしまいました。レオニドはほとんどしゃべらないのです。うろうろと街中を歩きまわるだけで、楽しいのか、楽しくないのか、まったくわかりません。晃子もなかなか話のきっかけをつかめず、ただ、後ろをついていくだけ。

晃子とレオニドは、最初のデートだというのに、なんとなく会話もはずまず、気まずいままで時間だけが過ぎていきます。ふたりでうどんを食べ、喫茶店でコーヒーを飲み、別れてしまいました。

「レオニドはきっと私のことを気に入らなかったんだわ。だって、つぎのデートの約束もしなかったもの」

鬱屈した心を抱えたまま、晃子は数日を過ごしました。eメールも届きません。

しばらくたって、やっとレオニドから2回目のデートの誘いがあったときは、ほんとうにうれしく、ほっとした晃子は、今度はもっとわかりやすい場所を指定しました。

車で出かけようということだったので、車を停めやすい神社の駐車場で待つことにしました。

ところがまた、時間になってもなかなか現れません。なんと2時間もたって、彼はやっと現れました。このときは場所を間違って、別の神社に行ってしまったらしいのです。

このデートでも、レオニドはほとんどしゃべりません。ただ、車のオーディオから聞こえてくる音楽は好きで、それを聞いていると、しゃべらなくても気にならなかったし、とても落ち着いた気分に浸ることができました。このときも、食事は日本食。自分に気を遣ってくれている、と晃子は思いました。

デートを重ねるうちにだんだんわかってきたのは、レオニドは実はそれほど日本食が好きではないこと。それに、かなりの方向音痴で、よく道を間違うらしいということ。時には「とばしすぎでは」と思うほど、運転が荒いということも。時間にもルーズ。

そして何より、もともと無口なのだということがわかり、それは、同じように、おしゃべりが苦手の晃子との共通点でもありました。時間に頓着がないということは、自分の好きなことに夢中になると、時間を忘れてしまうこととイコールだというようなこともわかり、晃子もだんだん、時間のことも、その他のことも、あまり気にならなくなりました。

そして、晃子は、

「レオニドって、案外いい人なのかもしれないわ」

と、思い始めました。

愛を育む日々

アウトドア派のふたりのデートは、そのほとんどが海や山に出かけること。車の運転はいつもレオニド。福岡は九州の中心で、交通の便もよく、ドライブするにはとてもいい環境です。

ふたりは週末になると、たいていどこかに出かけていきました。少し走るだけで、海も山もある。今日は阿蘇や九重（どちらも、国立公園の中にある山で、自然がいっぱい）、明日はふるさとの唐津や、近場の糸島半島（きれいな海岸線がつづく）、そのつぎは長崎などといった具合で、遊びの場所には事欠きません。

とくにふたりが海の遊びではまったのが、カイトサーフィン（Kitesurfing）。カイトサーフィンは、カイトボードというスポーツの競技種目で、若い人たちに人気のウォータースポーツです。カイトボードは専用のカイト（凧）を使って、ボードに乗った状態で、水上を滑走するエキサイティングなスポーツです。

もうひとつのスポーツは、パラグライダー（Paraglider）。パラグライダーはスカイスポーツの一種で、パラグライディングともいい、こちらは山の高いところから低空滑空します。ふたりはいつも一緒に出かけ、ふたり乗りパラグライダーを楽しんでいました。ふたりで空に浮かぶと、それだけでもう、この世にはふたりだけしかいないような気持ちになって、晃子の心は深く満たされていきました。

海と山、どこでもふたりはいっしょ。そして、帰りには必ず温泉によります。ふたりともとても温泉好きでした。

もちろん、若いふたりの遊びはアウトドアだけではありません。ふたりは一時期、週末になるとナイトクラブで踊ることが習慣になっていたことがありました。ふたりとも少しドレスアップして、軽いアルコールを飲みながら朝まで踊りあかすのです。

ふたりきりのときはそっけない態度をとるレオニドも、このときばかりはいつもより明るく、時にはダジャレなどを言うこともあって、レオニドの別の面をみせられたりします。そして、踊り始めると、人が変わったように陽気になるのです。晃子はそんなレオニドをいつもふしぎな思いで見つめるのでした。そして、スローな曲になると、いつも晃子をそっと抱きしめてくれます。

ときどき、

「いったいこの人は何を考えているのだろう。ほんとうに私を愛してくれているのかしら」

と心が乱れることもある晃子ですが、このときだけは、

「やはりこの人は私を愛してくれている。信じてもいいんだわ」

と思えて、心安らいだ幸せな気持ちになるのでした。


ふたりがデートのときに訪れるレストランはいつも決まっていました。とんかつが大好きになったレオニドは、「ロシアにもこんなに美味しい料理はなかった」といつも言います。とんかつはジュージュー音を立てるぐらい、いつも揚げたてで、それにキャベツの千切りとスープがついてくるのです。そんなときレオニドは、

「日本の料理はサイコー！」

を連発します。

もう一軒は中華料理の店です。レオニドの好きな店。とても大衆的な中華料理の店で、いくつか一品料理を頼んで二人で分けて食べるのがとても楽しみでした。

レオニドはどちらかというと、いろんな店に行くよりもお気に入りの店に通うのが好きで、食べるメニューも限られています。晃子はジャンルを問わず何でも食べたい方でしたが、つい、大好きなレオニドの希望が最優先になってしまう。彼と一緒にいることの方がずっと楽しいから、それでいいのだと思っていました。

とくにふたりには忘れられない思い出があります。1年に一度のカウントダウンパーティーは、晃子がレオニドを独り占めできるほとんど唯一のチャンスでした。このときは最初から最後まで、レオニドは紳士的で晃子に優しい。いつもはクールなレオニドが晃子を優しく抱きしめる姿を目撃した友人たちに、あとから冷やかされるほどでした。

晃子は、レオニドを誰よりもよく理解していて、

「なんだかそっけなくて冷たそうに見えるかもしれないけど、本当はすごく心の温かい人なのよ。表現が下手なだけで」

と、しばしば友人たちにレオニドのことをフォローするのでした。

やがて一緒に暮らすことに

最初のころ、福岡市内の西の方に住んでいた晃子は、レオニドが住む小郡市の社宅まで通っていましたが、夜更けに小郡市から自宅に戻ってきて翌朝早く出勤するのは、けっこう大変。それであるとき思い切って、レオニドの社宅に一緒に住むことにしました。

一緒に暮らすのは楽しいけれど、窮屈な部分ももちろんありました。ふたりの趣味がすべて同じというわけにはいかず、特に音楽についてはレオニドは頑固でした。もともとバンド活動をやっていた晃子は、その後バンド活動を再開したので、どうしても練習の時間がほしいのです。家でも練習をしたかったのですが、レオニドはそのことをあまり快く思っていませんでした。

レオニドはドイツのバンド、とくに破壊的なハードロックが好きで、晃子はときどき、ついていけない、と思うことがありました。デートの時には、もっとスローな音楽もかけてくれたのにと、この面でも晃子はレオニドが自分の趣味に合わせてくれていたことを知りました。

晃子がバンドを始めたきっかけは中学時代。2歳上のかっこいい先輩から習いたくて、ベースを弾き始めたのです。それはとても楽しくて、先輩によく思われようと必死になって練習しました。

そこから音楽に目覚め、高校に進学すると、今度は本格的にバンド活動開始。社会人になってからもバンド仲間とはずっといい友人関係が続いていました。レオニドとの関係はもちろん大切でしたが、バンド仲間とのつながりも大切だと思っていました。

晃子はいつも、自分が我慢することで、周りの人が幸せになるのなら、と考えてしまうようなところがありました。だから、バンドの練習も、

「レオニドが嫌なら、仕方ないわ」

と我慢してしまうのでした。

あっけない別れ

長い付き合いが続いたのに、レオニドはなかなかプロポーズしてくれません。

「あーあ、みんなどんどん結婚していくのに、早くプロポーズしてほしいなあ」

と考えていた晃子に、レオニドはとんでもないことを言いだしました。

それは、ほんとうに突然でした。

「晃子。ぼくは一度、ひとりになって、どう生きたらいいか、考えてみたいんだ。だから、別れてくれないか。自分の人生について、きちんと考えてみたいんだ」

レオニドからの突然の別れの言葉に、晃子はショックのあまり、その場に座り込んでしまいました。頭の中が真っ白になってしまって、すぐには言葉が出ません。

「わたしが嫌いになったの？」

「なぜ、今になって」

別れの意味を理解できないまま、晃子はパニックになり、アパートを飛び出しました。

どこをどう歩いたかわからないまま、実家に戻った晃子に家族もびっくり。憔悴しきった状態で部屋にこもり、泣き続ける晃子。何も手につかない状態でふさぎこんでしまった晃子は、心配する父や母、そして妹にさえ、詳しいことはなにも言いません。もともと、自分のことは自分で決めるし、相談もしない自立した娘だったので、今回もそっとしておくしかないのだろうか。このときばかりは周りもおろおろ、なんとか晃子を落ち着かせようとしました。両親は、

「外国人と結婚するなんて、とんでもない。別れてくれてよかった」

と、内心ではほっとしていましたが、あまりにも沈んだ晃子がやはり不びんでなりません。

「けっきょくご縁がなかったのよ、晃子。もうあの人のことは忘れなさい」

傷心の晃子はしばらく実家から仕事に通うようになります。ＩＴ関連の仕事をしていた晃子は、仕事に打ち込むことで、なんとか失恋の痛みを忘れようとしたのです。実家のある虹ノ松原駅から福岡へ。１時間の電車の旅は、晃子の心を慰めてくれました。

そして、レオニドと別れた日から時間が止まってしまった晃子の心など関係なく、季節はゆっくりと秋に向かっていました。

その年はちょうど福岡のプロ野球チーム「福岡ダイエーホークス」が初優勝した年で、ホークスの大ファンだった両親は、晃子を連れ出しては野球観戦をするなどして気分転換をさせ、悲しい気持ちを紛らわせようとしました。

そんなふうに失意のうちに暮らす晃子のもとに、ある日レオニドからeメールが届きます。

「キミ宛の郵便が届いているよ。よかったら、郵便物を取りにきてくれないか」

こうして、久々に再会した晃子とレオニド。時間の経過もあって、晃子も落ち着いて話すことができました。話すのが苦手なレオニドも真剣に話してくれました。話を聞いているうちに、晃子にも誤解があったことがわかってきます。

「晃子、キミが嫌いになったから別れたいと言ったわけではないよ。真剣に結婚のことを考えてみたいと思ったんだ。そのためには一度ひとりになって考えた方がいい。お互いに相手をきちんとみて、確かめるべきだ。ズルズルと過ごしていくのはよくないだろう」

レオニド流のそんな思慮深さに気づかず、あんなに感情的になるなんて。自分ももっとレオニドのことを理解すべきだった、自分も悪かったのだと、晃子は反省し、素直になることができたのでした。

離れていたことで、レオニドも晃子の存在の大きさに気づき、ふたりの交際が復活します。でも、そのことをすぐには両親に言えませんでした。以前よりいっそう強い絆で結ばれたふたりは、結婚のことをやっと真剣に考え始めます。

ついに迎えた結婚

2002年春、レオニドは晃子の実家に挨拶に行きました。きちんとスーツを着込んで、

「晃子さんと結婚させてください」

と頭を下げます。何度も練習して、レオニドにはやっと言えた言葉でした。別れてぼろぼろになった娘をみて、絶対アイツとは結婚させないと言っていた両親は、さすがにすぐにはうんと言えません。

ところが、ふたりの運命は急展開します。レオニドがOKの返事をもらえないまま、青山家を辞したまさにその日、晃子の父が急な病に倒れ、救急車で病院に運ばれたのです。父を必死に看病する晃子。そんな晃子を見て、周りの人々は、

「父親の意識のあるうちにふたりを結婚させよう」

と両親を説得し、大急ぎで結婚の支度をします。

反対していた両親も、晃子のレオニドに対する誠実で深い愛を目の当たりにして、

これ以上反対すると晃子はきっと手の届かないところに行ってしまうだろうと感じ、ふたりを祝福することにしました。

「ぜったいに晃子を幸せにしてくださいね。この間みたいに晃子を哀しませたら、許しませんよ」

「あのときも別れたいと思ったわけではないのです。結婚というものをきちんと考えてみたいと思っただけなのです。晃子さんをきっと幸せにします」

父は、かろうじて指が動くほうの手で、婚姻届の保証人の欄に署名しました。ふたりを祝福する両親。こうして、２００２年４月１日、ふたりは晴れて夫婦となり、無事婚姻届を出すことができたのでした。

そして、福岡県小郡市での社宅暮らしが始まりました。２階建ての１階。他に３家族が住んでいます。

晃子は結婚しても仕事を続けていました。会社が福岡の繁華街・天神にあったこともあって、ファッションなど、洗練された都会的なセンスを身につけていきました。

晃子はこのころ、彼女の人生で最も輝いていました。レオニドの食事の好みはすでにわかっていたので、食事もイタリアンなど、洋風の献立が多くなっていきます。

でも、仕事はとても忙しく、毎日残業が続きます。女性として最先端の仕事を続けることに魅力はあったのですが、あまりの多忙さにゆっくり何かを考える余裕がなく、やがて、一度仕事のことも見直そうと退職を決意します。

結婚後、ふたりはヨーロッパに新婚旅行に行き、ますます、海外にあこがれるようになっていました。次の目標はアメリカ。ふたりでお金をため、アメリカに渡る、それが目標であり、夢でした。それと同時に、

「赤ちゃんがほしい」

と、切実に思うようになっていました。

そんなとき、晃子は学生時代のバンドメンバーと再会。また、音楽の世界に入っていきます。そのころ作詞・作曲した曲が「Ｂａｂｙ」。

愛しいひと。どうか、気をつけて。

人生は長くない。

愛しいひと、わたしのことを忘れないで。

と、晃子は少しハスキーな声でささやくように歌います。

次の年、

「カウントダウンをニューヨークで迎えようよ」

と、仲の良い女の友人ばかりでニューヨークへ出かけます。後に、そのとき一緒に行った友人のひとりが回想しています。

「そういえば晃子ってあのとき、時差ボケがひどくて、ホテルで寝ていることが多かったわ。あのころから、病気の症状が出ていたのかもしれないわねえ」

そして永遠の別れ

30歳を過ぎても、なかなか子どもができません。後から結婚した妹の尚子が先に妊娠したと知って、ますます晃子は焦ります。不妊治療を受けようかと本気で考え始めたころ、ようやく妊娠の兆候が。待望の赤ちゃんを授かったのです。小躍りする晃子。レオニドも同じでした。

このころ、ふたりはほんとうに幸せでした。赤ちゃんが生まれて、少し大きくなったら、アメリカに行こう。アメリカでの3人の暮らしを夢みて、ふたりは希望に輝いていました。

このときはまだ、その後、襲ってくる悲劇を予想だにしていなかったのです。

生まれてくる子どものことを夢想しながら出産を待ちわびる日々。そんなある日晃子の体に異変が起こります。良性と思われた脊髄に現れた腫瘍は、残念ながら悪性のがん。それでも出産を決意した晃子は、柚莉亜を出産後、がんとの壮絶な闘いののち、幼い娘への思いを残したまま、帰らぬ人となりました。柚莉亜2歳、晃子36歳の早すぎる別れでした。今でも、レオニドは、晃子と暮らしたそのマンションで、柚莉亜とともに暮らしています。

この作品は二〇〇七年十月書肆侃侃房より刊行されたものに
「晃子とレオニド　出会いと別れ」（田島安江聞き書き）を
加筆したものです。

柚莉亜ちゃん宛のお手紙は、左記までお送りください。
〒151―0051　東京都渋谷区千駄ヶ谷4―9―7
株式会社　幻冬舎「ゆりちかへ　ママからの伝言」窓口

幻冬舎文庫

●最新刊
研修医純情物語
先生と呼ばないで
川渕圭一

夜な夜なナースの回診に出かけ、高額時給のバイトに勤しむ研修医。パチプロと引きこもりを経て、37歳で研修医になった僕が出会ったおかしな奴ら。実体験を基に綴った医療エンターテインメント。

●最新刊
溝鼠《ドブネズミ》
新堂冬樹

復讐を請け負う代行屋、鷹場英一。人の不幸とカネを愛し、ターゲットに最大の恥辱と底なしの絶望を与えることを何よりの生きがいとしている——。人間の欲望を抉り出す暗黒エンタテインメント。

●最新刊
サバンナの宝箱
獣の女医のどたばたアフリカン・ライフ!
滝田明日香

お肌の曲がり角を走り抜け、あっという間に三十路に突入。それでもいまだ戦う女、サバンナの大地を爆走中♪ アフリカ一人暮らしの抱腹絶倒エピソード満載、地球の息吹を感じる傑作エッセイ!

●最新刊
うさぎパン
瀧羽麻子

継母と暮らす15歳の優子は、同級生の富田君と初めての恋を経験する。パン屋巡りをしながら心を通わせる二人。そんなある日、意外な人物が優子の前に……。書き下ろし短編「はちみつ」も収録。

●最新刊
竹中式マトリクス勉強法
竹中平蔵

何をどのように学ぶべきかをマトリクス(座標軸)にして自己分析すれば、面白いほど結果がでる。稀代の勉強家である著者が、その勉強法の極意を余すことなく紹介したベストセラー、待望の文庫化。

ママからの伝言《でんごん》

ゆりちかへ

テレニン晃子《あきこ》

平成23年2月25日　初版発行
平成30年6月20日　5版発行

発行人——石原正康
編集人——永島賞二
発行所——株式会社幻冬舎
〒151-0051東京都渋谷区千駄ヶ谷4-9-7
電話　03(5411)6222(営業)
　　　03(5411)6211(編集)
振替00120-8-767643
印刷・製本—株式会社 光邦
装丁者——高橋雅之

幻冬舎文庫

ISBN978-4-344-41637-6　C0195　て-5-1

幻冬舎ホームページアドレス　http://www.gentosha.co.jp/
この本に関するご意見・ご感想をメールでお寄せいただく場合は、
comment@gentosha.co.jpまで。